辭事
楚故

屈原三部曲：現實·歷史·幻覺

作者 周秉高

五南圖書出版公司 印行

目　錄

第二編 歷代掌故

第三編　虛擬故事

第一編　屈原事蹟

01 少時頌菊立志

清·門應兆繪

願歲並謝，與長友兮。

　　屈原的先祖出自傳說中的帝顓頊高陽。高陽是黃帝的孫子。高陽的後裔熊繹，曾歷官周文王、周武王兩朝。因輔佐文王、武王有功，周成王即位後即封其以楚地，爵為子男，史稱「楚子」，居於秭歸縣東邊的丹陽。楚國之謂「楚」，由此而來。也由此可知，楚國歷史，十分悠久。西周末年，楚武王僭號稱王，始都於郢。此時生下一子名瑕，封其於屈地，並以此為族姓。屈瑕當是屈氏家族的始祖。屈原的父親名叫伯庸。屈原生在寅年寅月寅日，伯庸認為這十分奇特，所以給他取名曰「平」，取字曰「原」。

　　屈原少時，志敏好學。楚國歷代昭、屈、景三大家族子弟都能受到十分良好的教育，師傅們平時教給他們的是《春秋》、《先王世系》、《詩三百》、《禮》、《樂》、《先王之令》、《故志》、《訓典》等等典籍（注一）。這些都是前代智慧和文明的結晶，對於好學的屈原來說，無疑都是上佳的精神食糧。認真學習這些典籍，對於他後來的成長，自然有著十分重要的作用。

　　屈原的故宅在秭歸縣北。從屈原作品中，可以依稀看到屈原故宅的大概模樣（注二）：院前，一條小溪蜿蜒流過，溪水清澈湍急；還有一個池塘，塘中，荷花挺立，水葵蕩漾。門前，蕙草叢叢，蘭花朵朵；院中，幾株桂花，馨香四溢；院牆是香木編成的籬笆；院旁橘園中，排排橘樹，鬱鬱蔥蔥，一到秋冬交際，青黃雜糅的果實，纍纍滿枝。

　　季秋某日，志學之年的屈原，坐在院旁橘園中，久久地凝視著掛滿枝頭的橘子，深深地陷入沉思。他欣賞橘樹的習性，認為橘樹是天地之間最好的一種樹，它適應南土，這個特性永不會改，所以世世代代繁衍生長在南國，根深本固很難遷徙，志向專一永不改變。因此，他不禁吟道：

> 後皇嘉樹，橘來服兮。
>
> 受命不遷，生南國兮。
>
> 深固難徙，更壹志兮。

注一：事見《國語‧楚語上》。

注二：見《離騷》中的植物描寫及《招魂》中的居室描寫。

這時的橘園，十分繁茂。有些橘樹還在開花，綠色葉子中伸出幾朵潔白的花兒，十分可愛。枝兒上有層層的尖刺，旁邊掛滿纍纍的圓果。橘子上青黃二色交糅，花紋色彩鮮明。果皮鮮嫩，內瓤潔白，氣味芬芳，這多麼像恪守正道的君子仁人啊！屈原禁不住又高聲吟道：

> 綠葉素榮，紛其可喜兮。
>
> 曾枝剡棘，圓果搏兮。
>
> 青黃雜糅，文章爛兮。
>
> 精色內白，類任道兮。
>
> 紛縕宜修，姱而不醜兮。

少年屈原，很有思想，他不僅欣賞、喜愛橘樹的習性、狀貌，更從橘樹的習性、狀貌，探尋到更深層次的問題。他把橘樹當成人，讚美它從小就有高潔的與眾不同的志向：超群獨立，很有主見；根深本固，意志堅定；心胸寬闊，沒有私求；頭腦清醒，決不隨俗；小心謹慎，終無過失；大公無私，品德高尚。這是天地之間一種最美好的品德呀！所以他大聲高歌：

> 嗟爾幼志，有以異兮；
>
> 獨立不遷，豈不可喜兮？
>
> 深固難徙，廓其無求兮；
>
> 蘇世獨立，橫而不流兮；
>
> 閉心自慎，終不過失兮；
>
> 秉德無私，參天地兮。

看著，想著，屈原情不自禁地站了起來，表情十分嚴肅認真，心裡暗暗想道：這些幼年的橘樹，外貌美麗卻不妖豔，樹幹梗直，紋理鮮明；品德優秀，可比伯夷，所以，自己要把橘樹當成最佳師友，作為永久的榜樣。於是他又激動地唱道：

> 願歲並謝，與長友兮。
>
> 淑離不淫，梗其有理兮。

年歲雖少，可師長兮。

行比伯夷，置以為像兮！

少年時期的屈原，就是這樣的好學多思，從而為他後來的成長，打下了一個很好的基礎。

故事來源

1.屈原《離騷》

2.屈原《九章・橘頌》

3.司馬遷《史記・楚世家》

4.司馬遷《史記・五帝本紀》

5.酈道元《水經注・江水注》

02 置身宦海波濤

清・門應兆繪

吾使屬神占之兮

屈原是楚國三大世族之一的後代，成年之後，即楚懷王即位不久，他便接任了屈家世代擔任的三閭大夫之職。屈原從小聰明好學，極有才華，再加上是楚國貴族後裔，忠於朝廷，所以很得懷王器重。懷王十年，屈原晉升為左徒。左徒一職，位高權重，其後春申君亦為左徒，人稱「楚相」，足見其權力之大。屈原晉為左徒後，就能經常伴隨在懷王身邊，成為懷王的左膀右臂之一。對於這一段君臣相諧的政治蜜月，屈原晚年曾回憶道：

> 惜往日之曾信兮，受命詔以昭時。
> 奉先功以照下兮，明法度之嫌疑。
> 國富強而法立兮，屬貞臣而日嬉。
> 秘密事之載心兮，雖過失猶弗治。

—— 《惜往日》

屈原執掌左徒之職後，做了幾件大事：

一、「序其譜屬，率其賢良，以厲國士」。即記載名流，分類排列；表彰賢士，宣傳忠良，藉以激勵國內眾多讀書人。

二、經常入朝與懷王共同商議、策劃國內諸多政務，幫助懷王對一些有爭議的國家大事或法令制度做出裁決。在國內問題上，屈原主要強調兩點：一是以民為本，關心民瘼。他認為，一個國家，一個政權，一個君主，最重要的就是為民做事，只有深得民心，國家、政權才能穩固。二是舉賢授能，修明法度。譯成白話講，就是要選拔賢良，重用能人，遵守法度，決不偏斜。以上兩點，就是屈原終生追求的「美政」理想。

三、出宮之後，屈原或監督、查看各部長官的工作，或接待、回覆各諸侯國來使，即處理外交問題。當時，秦國企圖吞滅關東諸國，兼併天下。而當時天下實力強大、有可能統一天下的只有秦楚兩國，所謂「縱合則楚王，橫成則秦帝」。楚國自然成了秦國的頭號對手。為了對付秦國，屈原奉命作為楚王特使到東方的齊國，與齊國交好，結成強有力的聯盟。

屈原的那些觀點、主張，常常奏效，本職工作也做得很好，所以懷王十分重視和信任他，這就引起了一些同僚的嫉恨。上官大夫與屈原在朝中官級相同，也

想得到懷王的寵倖，但沒有屈原那樣的才能，所以只好採用陰謀手段。一次，懷王讓屈原起草一份關於國家法令的文告。屈原認真構思多日，剛剛將文告起草出來，還沒有來得及修改、潤色，上官大夫見後說道：「讓我看看吧」，言畢就迫不及待地上來就搶。屈原當然不給，立即收起竹簡，婉言謝絕。上官十分生氣，轉身跑到懷王跟前，一邊諂媚討好，一邊惡意中傷說：「大王經常授意屈平起草文告，立意、材料和結構等都告訴他了。眾人對此沒有不知道的。但每次大王的文告發佈後，屈平總是誇大他的功勞，吹牛說：『沒有我，就無人能夠寫出這樣的文告。』」楚懷王其人，曾有雄心，也較聰明，所以在蘇秦實施合縱，約定山東六國共同攻秦時曾一度擔任「縱長」之職；但他貪婪好色，耳朵根軟。這樣，上官大夫等人的壞話說得多了，懷王也就信以為真，十分生氣，於是逐漸疏遠屈原。屈原在臨終前回憶這段往事時寫道：

> 心純厖而不泄兮，遭讒人而嫉之。
> 君含怒而待臣兮，不清澄其然否。
> 蔽晦君之聰明兮，虛惑誤又以欺。
> 弗參驗以考實兮，遠遷臣而弗思。
> 信讒諛之溷濁兮，盛氣志而過之。

──《惜往日》

屈原感覺到了懷王的冷漠，所以多次向懷王作出解釋，再三表明自己的忠心。但因為像上官這樣的奸臣佞人太多，他們一致攻擊屈原，懷王就聽不進屈原的申訴：

> 情沉抑而不達兮，又蔽而莫之白。
> 心鬱邑余侘傺兮，又莫察余之中情。
> 固煩言不可結詒兮，願陳志而無路。
> 退靜默而莫余知兮，進號呼又莫吾聞。

──《惜誦》

最終，懷王免去了他左徒的職務，降職擔任三閭大夫──他們家族世世代代

擔任的職務，也就是投閒置散，不再重用。

周圍的人們漸漸都疏遠他了，原來追隨在他身邊的學生們也一個一個不見了。屈原最親近的女友急壞了，情深柔媚、氣喘吁吁地責備他：「歷史上的鯀，因為過於耿直，最後遭到殺身之禍，死在羽山的郊野上。你為什麼那樣博學正直，兼有多種美德？現在的社會，好像一屋子堆滿了各種各樣的惡草，你一樣也不要。可是，我們不能一家一戶去說明，誰能體諒我們的心情？世上的人們都互相吹捧，結黨營私，你為什麼連我的話都聽不進去？」外人不理解自己，現在連自己最親近的人也不理解自己，屈原難過得流下了滾燙的淚珠。

在遭遇如此不公正待遇之後，屈原滿腔悲憤。夜，黑沉沉的夜裡，屈原獨坐書齋，淚水早已乾枯，雙眉間的川字紋猶如刀刻一般。表情凝滯，沒有言語，但內心感情的波濤，彷彿驚濤拍岸，捲起千堆白雪。在現實世界中找不到知音，他只好去向茫茫蒼天和重華等冥界中的聖君們傾吐胸中的情懷。他反覆思考著，通過對歷史上眾多的正反事例的對比，得出「失道則亡，得道則興」這千古不變的結論，於是為了國家的前途，他決定堅持原則，不改初衷。可這與黑暗的現實卻如此格格不入，等待他的將是更加沉重的打擊。這是一件多麼令人傷心而又憤慨的事啊！一首充滿激情的抒情詩《惜誦》，就這樣誕生了。他呼籲蒼天來評理，懇請五帝作裁決，誠邀天神辯是非，要求山川當陪審，再讓皋陶聽曲直。他反覆陳述自己一心忠君，但反而遭到懲罰，所以十分惶惑、煩悶和迷茫。一天，他找到卜者，要求算算自己的前途命運。卜者擺弄了一陣那些箸草和竹片，然後對他說：你有志成功，但無旁輔，所以始終危險又孤獨。他的根據是：國君不可靠，同僚不相援，結果一定好不了。他還舉出歷史上的晉太子申生和大禹父親鯀為例子來證明。

屈原當然明白自己的處境，所以既徘徊不定，又遠集不行，且失路不忍，三種矛盾的心理糾結在一起，他十分痛苦。詩中寫道：

> 欲儃佪以干傺兮，恐重患而離尤。
>
> 欲高飛而遠集兮，君罔謂汝何之？
>
> 欲橫奔而失路兮，蓋堅志而不忍。

> 背膺判以交痛兮，心鬱結而紆軫。

—— 《惜誦》

那麼，怎麼辦呢？他最後唱道：

> 搗木蘭以矯蕙兮，鑿申椒以為糧。
> 播江離與滋菊兮，願春日以為糗芳。
> 恐情質之不信兮，故重著以自明。
> 矯茲媚以私處兮，願曾思而遠身。

—— 《惜誦》

詩中的「木蘭」、「蕙草」、「申椒」、「江離」、「菊花」這類芳草香花，喻指各種美德，屈原將它們當作「糧」，當作「糗」，即當作生命中萬萬不可缺少的東西，這就表明，他決心保持自己的高風亮節，而不去曲膝諂媚隨波逐流。於是他反覆思考，萌生了抽身遠去的想法。

故事來源

1. 《九章‧惜往日》
2. 《九章‧惜誦》
3. 《離騷》
4. 司馬遷《史記‧屈原列傳》
5. 劉向《新序‧節士篇》
6. 王逸《楚辭章句》

03 流涕漢北歲月

清·門應兆繪

望北山而流涕兮，臨流水而太息。

一、受誣被逐

　　楚懷王十六年，秦國有意攻打齊國，而由於屈原之前的努力，齊楚兩國已經結成聯盟，關係十分密切。秦惠王對此十分惱火，於是想出了一條離間之計，即宣佈罷免張儀的宰相之職，派他作為特使到南方的楚國去遊說、搞破壞。張儀帶了大量財寶來到楚國，首先賄賂楚國的權貴上官大夫靳尚等人，借此進一步賄賂更加上層的人物，如楚國令尹、懷王之子子蘭及司馬子椒等人，甚至還買通了楚懷王的夫人鄭袖。這些人聯合起來，一道誣陷、中傷屈原竭力主張的聯齊抗秦方略。懷王貪婪好色，聽信了身邊那些權貴的讒言，熱烈歡迎張儀，甚至親自為他安排下榻的場所。張儀哄他說：「只要大王您能同齊國絕交中止盟約，我能讓秦王獻出商於之地六百里，還能讓秦王的女兒嫁來楚國作您的姬妾。這樣的話，北面可以削弱齊國，西邊能夠與秦國交好，那是多麼好的事情啊！」懷王為了顯示誠意，竟將楚國的相印授予張儀，並賜予許多財寶，還派人到北方與齊國絕交，同時將力主聯齊抗秦的屈原放逐到漢北偏僻的農村去受苦。

　　白天，漢北田野，一片荒蕪，烈日當空，如火烤炙。屈原身材瘦弱，不修邊幅，頭戴著一頂破草帽，拿著鋤頭，埋頭鬆土、除草。汗珠掛滿額頭，浸透衣衫。他一邊勞動，一邊回顧自己的身世遭遇，心裡感到非常孤獨；當年的朋友、學生紛紛隨波逐流、變節墮落了，連最親近的女友也總是埋怨他、責備他。信而見疑，忠而被謗，屈原十分傷心，常常遙對已被秦軍佔領的北山（注一）號啕大哭，或者對著潺潺東流的漢水連連歎息。有時，他沿著江岸，狂顧南行，借此

注一：《抽思》云：「望北山而流涕兮，臨流水而太息。」《漢書・地理志》
　　　「漢中郡」下有「旬陽縣」，此條下班固注曰：「北山，旬水所出，南入
　　　沔。」《史記・楚世家》載曰：懷王「十七年春，與秦戰丹陽，秦大敗
　　　我軍……遂取漢中之郡，」北山自然也被秦軍佔領。又，酈道元《水經
　　　注》載曰：「漢水又東會益口水。（益口水）出北山益谷，東南流注於漢
　　　水。」由此可知，北山亦在漢中郡裡，當時亦被秦軍所佔領，故詩人曰：
　　　「望北山而流涕」。也可從詩句中得知，屈原第一次被逐，確實在漢北地
　　　區。

安慰自己，但一塊一塊的大石頭擋在前邊，阻礙著他南行的道路。當時楚國正逢旱災，土地乾得裂開了許多大口；屈原的眼淚流呀流，滴濕了腳下的土地，滋潤了枯萎的稻秧，長出了許多像玉珠一樣潔白光亮的大米。

二、創作《離騷》（注二）

　　黑夜裡，屋外秋風蕭瑟，室內屈原繞室徬徨，徹夜難眠。他回憶當年，懷王曾經與他有過約定，說要一起共事到老；誰知懷王中途變卦，違反諾言，翻臉毀約，還常常誇耀別人，而對屈原尋找岔子，大發脾氣。屈原曾多次懇切陳詞，但懷王裝聾作啞，不願聽取，最後還將他趕出了朝廷。想到這些，屈原更加悲傷，淚流不止。《抽思》一詩描寫當時的情景是：

> 心鬱鬱之憂思兮，獨永歎乎增傷。
> 思蹇產之不釋兮，曼遭長夜之方長。
> 悲秋風之動容兮，何回極之浮浮？

又寫道：

> 望孟夏之短夜兮，何晦明之若歲？
> 惟郢路之遼遠兮，魂一夕而九逝。
> 曾不知路之曲直兮，南指月與列星。
> 願徑逝而未得兮，魂識路之營營。

　　屈原不僅感傷自己的遭遇，同時也憂慮國家大事。他不甘消極，悲愴地唱道：

> 路漫漫其修遠兮，吾將上下而求索。

他想像自己上天入地，到處尋覓，但是實在找不到一個瞭解自己並能共同去實現

注二：關於《離騷》的寫作時地問題，學術界有爭議，有的認為是懷王朝屈原第
　　　一次被逐期間，在漢北；有的認為是在頃襄王朝屈原第二次被逐期間，在
　　　沅湘一帶等等。余認為前說為是，詳見拙著《風騷論集》（內蒙古大學出
　　　版社1995年版）。

美好政治理想的人。他痛苦極了，想摹仿商朝的賢臣彭咸自沉了之。

屈原失望了，想離開楚國，因為根據當時的官場風氣，大臣一旦被罷免，是可以到別國去另謀出路的。有個成語叫「楚材晉用」，說的就是這個風氣。但屈原猶豫不決，所以找人商量。一天，他向一個名叫「靈氛」的算命先生求教。靈氛勸他說：「不要猶豫，趕快離開。你有才幹，哪國的國君都會要你的。天下何處無芳草，你為什麼一定要留戀楚國呢？現在楚國政治黑暗混亂，誰還賞識你的才幹？」屈原聽了靈氛的話，仍然下不了決心，他又去向一個名叫「巫咸」的算命先生求教。巫咸則勸他：「先不要離開楚國，朝野上下你再去找找，看有無同你志氣相投的同道。」巫咸還舉出了歷史上許多這樣的例子。聽了兩個截然相反的意見之後，屈原自己又反復深入地進行了分析研究，最後決定離開楚國。他做好了各種準備，甚至想像自己乘著鸞車在空中騰雲駕霧，一路上，雲旗招展，鸞鈴叮噹，鳳凰展翅，八龍蜿蜒，眾車相隨，舞樂高奏，他心花怒放，無比歡樂。可在臨出境前，他又突然決定不走了，因為他覺得自己是楚國的兒子啊，怎麼能那樣做呢？不離不行，離又不可。這種濃烈、深厚、纏綿、複雜的感情一起迸發出來，終於，熔鑄成一篇驚天地泣鬼神、光照千古永垂不朽的傑作──《離騷》！（注三）

三、重新起用

不過，屈原在漢北的這段蹉跎歲月，時間並不很長，因為楚懷王很快發現自己受騙上當了，而屈原是正確的。

開始，楚懷王輕信了張儀之言，十分高興，擺酒慶賀。眾人皆賀，唯有謀士陳軫一人表示悲哀，懷王問他原因。陳軫回答說：「秦國之所以看重大王，是因為大王與齊國交好。現在，土地沒有得到，而先與齊國絕交，這使楚國孤立起來了。秦國為什麼還要看重一個孤立的國家呢？他們一定會輕視楚國的。如果先讓秦國交出土地，然後再與齊國絕交，那麼，秦國的計策就不會奏效；如果先與

注三：關於《離騷》思想內容和結構層次的詳細解析，可參閱拙著《楚辭解析》
　　　（內蒙古大學出版社2003年版）。

齊國絕交，然後再向秦國索要土地，那麼一定會被張儀欺騙。被張儀欺騙之後，那麼大王一定會怨恨他們。怨恨他們，這就會造成西邊有秦國之憂、北邊與齊國為敵的局面，結果就會遭到秦齊兩國的軍隊聯合攻打我們楚國。我因此而感到悲哀。」楚王沒有相信陳軫的話，便派一將軍與張儀一同到西邊秦國去索要土地。

張儀在回秦路上佯裝喝醉了酒跌倒在車下，回到咸陽後就稱病在家養傷，三個月不出門。原先答應的土地，楚國自然要不到手。楚懷王說：「張儀大概認為我們與齊國絕交的程度還不夠深吧。」於是派勇士宋遺到北方齊國去當面污辱齊王。齊王大怒，撕毀盟約，而與秦國聯合起來。秦國與齊國結盟之後，張儀才裝作病好上朝。他對楚國的使者說：你為什麼不去接受土地？從這兒到那兒，方圓六里。楚國的將軍說：「我得到的命令是接受六百里，而不是六里。」於是立即回國向楚懷王彙報。懷王大怒，要發兵攻打秦國。陳軫又說：「攻打秦國不是個好主意。不如用一個著名的地區去賄賂秦國，與秦國一起攻打齊國。這樣，我們在秦國方面失去了一些土地，但可以從齊國方面得到補償。那樣，我國還可保全。現在大王已經與齊國絕交，又要發兵攻打秦國，我看是要讓秦齊聯合作戰，遭來全天下的軍隊，我國恐要很受傷害了。」楚王不聽，於是同秦國絕交，往西發兵去攻打秦國。秦國立即發兵回擊。

懷王十七年春，楚軍與秦軍在丹陽交戰，秦軍大敗楚軍，斬首八萬，虜走楚國大將軍屈匄、裨將軍逢侯醜等七十餘人，同時趁機搶走楚國的漢中之郡。楚懷王大怒，又調動全國的兵力再打秦國，戰在藍田，秦國又大敗楚軍。韓國、魏國聞說楚國失敗了，就往南襲擊楚國，一直到鄧地。兩面夾攻，楚國十分危急。楚王聽到這個情報，就下令收兵回國。

這個時候，楚懷王後悔沒有採用屈原的聯齊抗秦政策，以至如此大敗，於是把他從漢北召了回來，重新起用，派他出使齊國，與齊國重新交好。

懷王十八年，秦國派使者到楚國商議再與楚國和好，答應將奪取的漢中之地分出一半還給楚國。楚懷王負氣說道：「我要張儀，不要土地。」張儀於是又來到楚國，他用重金買通了懷王身邊的人，特別是懷王夫人鄭袖。懷王再次聽信奸佞之言，放跑了張儀。屈原從齊國出使回來，聽到這個消息，就勸諫懷王說：「為什麼不殺張儀？」懷王後悔了，派人去追張儀，但未能趕上。

1.司馬遷《史記・楚世家》

2.司馬遷《史記・張儀列傳》

3.司馬遷《史記・屈原列傳》

4.劉向《新序・節士篇》

5.〔唐〕沈亞之《屈原外傳》

04 彷徨換代之際

清‧門應兆繪

勒騏驥而更駕兮，造父為我操之。

遷逡次而勿驅兮，聊假日以須時。

指嶓塚之西隈兮，與纁黃以為期。

一、思念懷王

屈原自楚懷王十八年被從漢北召回郢都後，一直擔任三閭大夫之職。這十餘年中，秦、楚、齊、韓、魏幾國之間，分分合合，時打時停，一言難盡。

懷王三十年，秦昭王寫信給楚懷王說：「我與您曾相約結為兄弟，在黃棘訂立盟約，並讓您的太子住在我國，這是最高興的事。但是您的太子殺死我的重臣，不辭而別，逃回楚國，我實在忍無可忍，才派兵侵襲您的邊境。現在聽說您居然讓太子到齊國去作人質，以求和平。我國與楚國邊界相接，互相親善時間很長了。而現在秦楚交惡，就無法號令天下諸侯。我有意與您在武關相會。當面協商，簽訂盟約，這是我的希望。特此告知。」

楚懷王見到秦王的信後，十分猶豫。想去，怕被人欺騙；不去，怕秦國生氣。昭睢和屈原等少數明智的大臣反對懷王前往武關。屈原勸諫說：「秦是虎狼之國，不能相信，不如不去。」但是那些曾被張儀買通的奸臣們則竭力勸懷王前往應秦王之約，這幫人數量很多，特別是懷王的小兒子子蘭，更加積極，慫恿他的父親說：「怎麼能拒絕秦國的好意呢？」懷王最終還是聽信了子蘭等人的話，前去與秦昭王會面。

誰知秦昭王用詐，派一將軍帶兵埋伏在武關，號稱是秦王。楚懷王一進武關，他們就關閉城門，強押懷王西抵咸陽。秦王在偏殿章臺接見楚懷王，好像對待附屬國的頭領一樣，不給高規格的禮遇。楚懷王大怒，後悔沒聽昭睢和屈原等人的勸諫。秦國扣押楚懷王，強迫他割讓巫山、黔中等郡縣。楚懷王想結盟，但秦國想先得到土地。楚懷王大怒，說：「秦王騙了我，還想強要我國土地！」不再答應秦國。秦國就把他扣押在嶓塚（注一）一帶。

楚國的大臣們考慮到，懷王被扣秦國，太子又作為人質滯留在齊國，這時如果齊、秦合謀，那麼楚國就危險了，因此，群臣商議之後，設法讓太子橫從齊國返回楚國，並立他為楚王，這就是頃襄王。

這時候的屈原思想感情很複雜。《思美人》一詩就表達了這種複雜的思想感

注一：經過仔細考證，確知嶓塚即後來之秦嶺，亦即秦國後方。詳見拙著《楚辭原物》（內蒙古大學出版社2009年版）。

情。首先，他苦苦思念懷王，儘管懷王朝時，他曾受冤被逐，但畢竟二十年君臣關係，甚至相當長一段時間內「王甚任之」，所以他對懷王仍然忠心耿耿，苦苦思念。詩中寫道：

> 思美人兮，攬涕而佇眙。
> 媒絕路阻兮，言不可結而詒。
> 蹇蹇之煩冤兮，陷滯而不發；
> 申旦以舒中情兮，志沈菀而莫達。

他把懷王朝時遭到的不幸歸結為「媒絕路阻」和「沈菀莫達」，所以即使飽受誤解，但仍要堅守節操，不改初衷。詩中繼續寫道：「指嶓塚之西隈兮，與纁黃以為期。」「嶓塚」在漢中之北，是秦國西部地區的一座高山，即今之秦嶺，當時懷王被扣押之地。這兩句詩的意思就是表達對懷王深深的思念。

二、觀望頃襄

屈原同時又對頃襄王徘徊觀望。詩中寫道：「開春發歲兮，白日出之悠悠。吾將蕩志而愉樂兮，遵江夏以娛憂。」這幾句與《大招》開篇四句相似。這是說：春天到來，萬象更新，喻指頃襄王初即位時給人們心理上帶來的希望，所以屈原曾一度心情比較放鬆，有歡樂、消愁之感。不過，屈原很快發現，政局變化不大，頃襄王朝的腐朽黑暗依然如故。在這種情況下，他──

> 令薜荔以為理兮，憚舉趾而緣木；
> 因芙蓉而為媒兮，憚褰裳而濡足。
> 登高吾不說兮，入下吾不能。
> 固朕形之不服兮，然容與而狐疑。

屈原心中清楚：在黑暗齷齪的官場中，要想固位或晉升，必須屈身貪緣，同時拉攏小人；但他堅決不願意出賣人格、拋掉自尊，因此只能「然容與而狐疑」，最終「獨煢煢而南行兮，思彭咸之故也」。

頃襄王二年，懷王想通過趙國跑回楚國，未成，被秦兵追回。第二年病逝於秦國，秦國將他的遺體送回楚國。楚國的百姓愛戴懷王，對他的客死異國十分悲

慟，好像死了自己的親人一樣，同時紛紛責備令尹子蘭當初勸懷王前往秦國而不能回來。令尹子蘭聽說後大怒，就讓上官大夫在頃襄王面前說屈原的壞話。頃襄王心裡也知道是子蘭等人誤諫懷王以致國家遭此慘禍，但他沒有追究他們的責任，反而聽了他們的一面之詞，將屈原再次放逐了出去。

　　荊楚越陝民間自古就有招魂風俗。在這改朝換代的特殊歷史時期，屈原創作了《大招》和《招魂》這兩首著名的詩篇。前者招懷王生魂，後者招懷王亡魂。

故事來源

　　1.《史記・楚世家》

　　2.《史記・屈原列傳》

　　3.《史記・張儀列傳》

　　4.劉向《新序・節士篇》

說明

　　關於《九章・思美人》一詩的寫作時地，歷代多數楚辭學家認為是思念懷王，而有的則以為是思念頃襄王。我則根據詩歌前後語氣、感情色彩的差異，再參之於有案可稽的楚國歷史，認為上述兩種說法均欠全面，此篇當作於懷王末年、頃襄王初年，表達了在這歷史轉捩點上，屈原複雜的思想感情及其發展變化的過程。詳見拙著《楚辭解析》（內蒙古大學出版社2003年版）。

05 悲哀浪跡江夏

清・門應兆繪

過夏首而西浮兮，顧龍門而不見。

一、再次被逐

頃襄王三年二月間，懷王客死秦國，廣大民眾追究令尹子蘭的責任，子蘭大怒，就指使上官大夫到襄王跟前去說壞話，嫁禍於屈原。襄王不像懷王那樣與屈原有著幾十年的情誼，本來與屈原關係就淡薄，因而一怒之下，就將屈原趕出了朝廷。

仲春二月，郢都一帶正遇災荒，老百姓們紛紛外逃，妻離子散，互不相顧。甲日的早晨，屈原就雜在這群難民之中離開郢都，沿著江夏去流亡。

離開郢都城門不久，屈原就登上東去的船隻。小船緩緩前行，屈原佇立船頭，內心默默念叨：再見了，首都！再見了，家鄉！再見了，君王！他望著城邊那些高大的梓樹，不禁淚流滿面。城上的堞牆和箭樓越來越遠，漸漸在天際消失，只留下滾滾東逝的江水。

小船行駛一段時間，江水卻又拐彎向西流去。高高江岸，擋住了屈原回顧郢都的視線。他慢慢轉身向船頭方向望去，前途一片渺茫。幾隻水鳥在空中盤旋，屈原心想，自己不正像這些小鳥一樣漂泊流浪無處可歸嗎？他內心思念家鄉，思念朝政，十分糾結，只能唉聲歎氣。

長江水流到郢都東南不遠處一個名叫「夏首」的地方，便一分為二，江水主流繼續往東南方向流去，支流則向東，流經今天的監利縣北，折東北至沔陽縣附近注入漢水，最後又返回長江，全程五百多里。因為夏水從江水分出，後複注入長江，且與長江並行東流，故人稱「江夏」。屈原這次被放逐，一過夏首便進入夏水，《哀郢》詩曰：「去故鄉而就遠兮，遵江夏以流亡。」從《哀郢》的用詞似乎可以知道，頃襄王這次對屈原的處罰，只是免去世職趕出朝廷放逐到東方偏遠地區（注一），至於具體的行程和時間卻並沒有嚴格要求，所以詩中對這次遠

注一：關於屈原第二次被逐的地點，《史記・屈原列傳》只載曰「頃襄王怒而遷之」，劉向《新序・節士篇》亦只載曰頃襄王「復放屈原」，均未明確交代，而《哀郢》詩中兩次交代為東方，曰「方仲春而東遷」，曰「今逍遙而來東」。《哀郢》所說的「夏浦」，濱臨長江，遠眺洞庭，正在郢都的東方；詩中還有「西思」之語，正好與「東遷」一語相吻合。另外，詩中

行用了「逍遙」一詞。另外，「夏水」「夏水」，夏天才有水，即應邵《十三州記》之所謂「冬竭夏流」，所以一到枯水季節，屈原就不能繼續前行而只能原地休息。先秦時，小船簡陋，楫槳不便，行駛速度很慢，再加屈原內心實在不願離開家鄉，所以走走停停，速度就更慢。還有，先秦時期，大臣有罪，被逐邊境之地，三年之內不敢遠離。三年之後，如果國君派人送來一個玉環，意思是可以讓他返回朝廷繼續作官；如果國君派人送來一塊玉玦，則表示雙方關係徹底決裂，不會再讓他回朝任職（注二）。屈原無罪而遭遷逐，日日盼望國君能召他回去，當然更不敢遠離，以致這五百多里水路居然走了很長很長時間。

二、求卜詹尹

　　被逐三年（注三），朝中尚無召他回去的跡象，屈原心煩意亂，前往求見退隱鄉居的太卜鄭詹尹，說：「我心中有疑惑，願請先生來指點。」詹尹整理了一下蓍草，又拂拭了一下龜板，問道：「您要問我什麼問題？」屈原說：「我是忠誠質樸呢，還是天天忙於應酬？我是疾惡如仇呢，還是阿諛奉承以求取功名？我是直言惹禍，還是隨俗苟且？我是超然保持天真，還是諂媚侍奉一個女人？我是廉潔正直，還是油滑中庸？我是志若千里馬，還是像隻野鴨子，隨波逐流上下

　　　　又曰：「將運舟而下浮兮，上洞庭而下江。」此處「上」「下」均作動詞
　　　　用，是「前往」之意，全句意思是說，要乘著小船前往洞庭湖和長江一
　　　　帶，亦即「夏浦」附近。由此可證，「頃襄王怒而遷」屈原之地當在東方
　　　　的「夏浦」一帶。只是幾年之後，朝中仍無召他回朝復職之意，他才涉江
　　　　前往南方的沅、湘一帶。

注二：《荀子‧大略》「絕人以玦，反絕以環」句下有注曰：「古者臣有罪待放
　　　　於境，三年不敢去。與之環則還，與之玦則絕。皆所以見意也。」

注三：屈原一生兩次被放逐。第一次在懷王朝，頭一年（懷王十六年）被逐，翌
　　　　年（懷王十七年）丹陽大敗，懷王後悔，第三年（懷王十八年）即將屈原
　　　　召回重新起用，所以不存在屈原「既放三年不得復見」的問題。《卜居》
　　　　開篇即云「屈原既放三年，不得復見」，由此可知，此篇作於第二次被逐
　　　　中，當在浪跡江夏之時。

漂浮苟且保命？我是與黃鵠比翼齊飛，還是去與雞鴨爭口食米？現在的形勢，孰吉孰凶，何去何從？人世混濁，模糊不清──蟬翼本來很輕反而被看得很重，千鈞銅鼎本來很重反而被看得很輕；貴重的黃鐘被人毀棄，粗糙的瓦盆卻發出雷鳴般的聲音；讒佞小人高居廟堂，賢明君子倒悄無名聲。唉，有誰知道我的德廉貞潔？」詹尹聽了屈原的訴說，馬上放下著草龜板，委婉地推辭說：「尺比寸長也有短處，寸比尺短也有長處。萬物雖多也有不足之處，智者雖能也有不明之時。定數有時也盈縮，神明有時也不通。按照您的思想做您的事，龜板著草可不知道您說的這些事。」求卜無果，屈原心中更加鬱悶。

三、夏浦西思

　　幾年之後，屈原來到了夏浦，即今天的漢口：

> 去終古之所居兮，今逍遙而來東。
> 羌靈魂之欲歸兮，何須臾而忘返！
> 背夏浦而西思兮，哀故都之日遠。

屈原是一個真正的政治家和思想家，儘管他被趕出朝廷好幾年了，但心裡仍然裝著國家，裝著人民。宋代范仲淹有一篇著名的文章，題曰《岳陽樓記》，其中有一段話：「余嘗求古仁人之心……不以物喜，不以己悲。居廟堂之高，則憂其民；處江湖之遠，則憂其君。是進亦憂，退亦憂，然則何時而樂耶？其必曰，先天下之憂而憂，後天下之樂而樂與！」此文中之「古仁人」究竟指些誰？從來注家未曾深研，其實首先當指屈原。因為《哀郢》寫道：

> 登大墳以遠望兮，聊以舒吾憂心。
> 哀州土之平樂兮，悲江介之遺風。

詩中說，為了驅散心頭的憂悒，詩人登高望遠，他看到的是楚國平展廣袤的土地，看到的是民眾歡樂祥和的景象，真也有「春和景明，波瀾不驚，上下天光，一碧萬頃；沙鷗翔集，錦鱗游泳；岸芷汀蘭，鬱鬱青青」的味道。他還看到沿江一帶仍是祖先遺留下來的風俗習慣，他還聽到春社祭祀的陣陣鼓聲和巫女們悠揚悅耳的歌聲。假如他是一位「以物喜」「以己悲」的「遷客騷人」，就一

定會「心曠神怡，寵辱皆忘，其喜洋洋者矣」，但屈原這時居然感到「哀」和「悲」。為什麼呢？因為他頭腦中有一種危機感：「當陵陽之焉至兮，淼南渡之焉如？」意思是說，在眼前這一派歌舞昇平、恬然安謐的田園生活背後，一陣狂風惡浪將不知從何而至，到那時，煙波浩渺，百姓南渡又將如何逃脫這場厄運？屈原的這種危機感不是聳人聽聞，杞人憂天，而是從歷史的教訓中得來的──「曾不知夏之為丘兮，孰兩東門之可蕪？」他說，難道忘了當年伍子胥率吳兵攻入郢都，使京城的高房大廈變成一片廢墟，兩座東門化為荒蕪之地的往事嗎？後來的事實證明，屈原的這種思想確有先見之明。

因為有這種危機感，所以他更加迫切地希望能回朝廷，發揮自己的才能，挽救國家的危機。然而，「惟郢路之遼遠兮，江與夏之不可涉。」朝中那幫奸臣佞人是不會讓他回去的，所以慘戚之極就轉化為對當時腐朽統治集團的憤怒譴責。他痛斥那些小人奸臣：你們就知道一味諂媚討好君王，實際內心脆弱毫無操守；君子賢達忠心耿耿效命朝廷，你們卻萬般嫉妒屢設障礙。他還傷心地說，君王啊，您為什麼厭惡忠貞之士，去偏愛那些小人的花言巧語呢？

屈原佇立在夏浦岸上，久久地凝視著西邊的家鄉，難過得淚流滿面，雙目緊閉，內心情感的狂濤，一浪高過一浪。慢慢地，由憂慮國家大事轉而思念個人命運。他睜開眼睛朝四下望去，身處異鄉，多麼希望回到自己的家鄉去啊！小鳥飛得再遠，最後總會回到家鄉；狐狸即使身處異鄉，死的時候也要把頭擱在朝著家鄉的方向。自己確實沒有罪過，但被趕出了家鄉，到底什麼時候才能回鄉呢？屈原十分迷茫。

故事來源

1.《史記‧楚世家》

2.《史記‧屈原列傳》

3.《史記‧六國年表》

4.劉向《新序‧節士篇》

5.《九章‧哀郢》

6.《卜居》

06 無奈涉江入湘

　　屈原離開郢都之後，沿著夏水東遷，一路上走走停停，停停走走，拖延幾年之久才到達夏浦，今漢口一帶。上文已說，先秦時期，大臣有罪，被逐邊境之地，三年之內不敢遠離。三年之後，如果國君派人送來一個玉環，意思是可以讓他返回朝廷繼續作官；如果國君派人送來一塊玉玦，則表示雙方關係徹底決裂，不會再讓他回朝任職。春秋之後，「禮崩樂壞」，大約不會再有這些講究，但屈原身上應有一塊玉玦，因為《九歌·湘君》中「捐余玦兮江中」一句當非虛語。此玦是否楚襄王所賜，今日不得而知，但從《哀郢》「江與夏之不可涉」、「至今九年而不復」等句可知，他確實再無回郢復職的希望，所以他可以遠離了。於是他乘船離開夏浦，登上長江南岸的鄂渚（今武昌附近的一個水洲）。悲涼的秋風之中，他留戀地回頭看了一下模模糊糊的江北夏浦。

　　開始，他棄舟登陸，騎馬走上小山丘，鬆開韁繩，腳踢馬身，飛速前行，似乎要排泄胸中的那股悲憤之氣。到達方林之後，他又棄車乘船，沿著沅江，船槳並舉，逆流而上。沅江兩岸，峭壁如刀直立，其上勁松蔭覆，修竹綿延成林。沅水清沏，旋渦處處，屈原所乘小船行進不順，時時凝滯不前，所以早晨從枉渚出發，晚上才能到達辰陽。（注一）儘管越走離郢都越遠，但屈原唱道：「苟余心其端直兮，雖僻遠之何傷？」意思是說，只要我內心正直無私，即使放逐再遠又有何妨？

　　進入湘西辰溆地界，屈原開始迷茫徘徊，他不知自己到了什麼地方。身處深山老林，周圍一片昏暗，獼猴黑猿追逐，山高遮天蔽日。時而電閃雷鳴，風雨交加；時而霰雪紛飛，無邊無際。沒有居住的茅屋，他只好鑽進山洞以躲蔽風雨霜雪。（注二）屈原心想，難道自己從此就要寂寞孤獨地住在這個深山之中嗎？

注一：此篇中關於沅江兩岸景色的描寫，出自酈道元《水經注·沅水》。

注二：《天問》有云：「薄暮雷電歸何憂」，「伏匿穴處爰何云」。

　　在這個極其惡劣的環境裡，屈原苦苦思索：自己過去的行為究竟是對還是錯？他想到，為了信仰，為了原則，春秋時期的接輿可以剃光頭髮，桑扈能夠裸體行走。另外，忠臣不一定非要為世所用，賢人也不一定要受到委任，當年伍子胥因為進言遭到禍殃，比干也因為向紂王進諫而被剁成肉醬。從古以來都是這樣，自己為何還要怨這怨那呢？屈原考慮再三，作出決定：不能放棄原則、改變觀點去隨從世俗，哪怕愁苦終生！

　　屈原將他涉江入湘的經歷及內心強烈的思想感情，熔鑄成一首著名的詩歌《涉江》。詩歌最後寫道：

> 鸞鳥鳳凰，日以遠兮；燕雀烏鵲，巢堂壇兮；
>
> 露申辛夷，死林薄兮；腥臊並禦，芳不得薄兮。
>
> 陰陽易位，時不當兮；懷信佗傺，忽乎吾將行兮！

詩人以鸞鳥鳳凰、露申辛夷與燕雀烏鵲、腥臊之物作鮮明對比，尖銳地揭露當時楚國政治的黑暗腐朽。他怎麼能在這個黑暗齷齪的環境裡生存下去呢？於是他毅然決然地表示，一定要遠遠地離開朝廷，永遠地離開朝廷。

　　當年南楚之地，沅湘之間，民情風俗之一，是迷信鬼神，愛好祭祀。祭祀之時，還一定要唱歌跳舞，敲鑼打鼓，娛樂各路神仙。屈原被逐到此，四處流浪，內心痛苦，愁思糾結，經常出門看見當地民眾祭祀神仙的禮儀，聽到他們祭歌祭舞時的音樂。他覺得那些歌詞低俗粗陋，於是加以修改潤色，創作了《九歌》這一組著名的抒情歌曲，其中也寄託了自己內心的思想感情。

　　沅湘之地，處處都有楚國先王的祭廟及公卿世族的祠堂。這些廟宇和祠堂的牆壁上，常常畫有天地山川、各種神靈以及古代賢聖、怪物等事跡。屈原流浪到此，身心疲憊，往往在這些廟宇或祠堂中稍事休息，偶爾抬頭看見牆上的圖畫，心有所感，便將這些感慨也寫在牆壁之上，藉以抒發內心的思想感情。屈原沉江之後，楚國民眾同情和思念他，便將這些文字抄錄下來，這就是歷史上十分著名的空前絕後、光照千古的奇詩《天問》。

故事來源

1.《九章・涉江》
2.《天問》
3.王逸《楚辭章句》
4.酈道元《水經注・沅水》

07 糾結湘西悲風

一、悲風糾結

秋天到了，萬物凋零，特別是蕙草一類芳草更被淒涼的秋風吹得七零八落。

屈原進入湘西之後，開始只是考慮，因為朝政腐朽黑暗，所以他決定遠遠地離開朝廷，永遠地離開朝廷。但這僅僅是一時的牢騷，是被逐之後的無奈，作為一個曾經為了「美政」理想而努力「上下求索」的政治家，怎麼能真的永遠「退隱山林」呢？隨著時間的推移，屈原思想中的鬥爭越來越激烈。既然返回郢都繼續執政的可能已經蕩然無存，那麼自身前途究竟在哪裡呢？

夜間，屈原想到，自己因為精神境界和思想觀點與眾不同，所以遭到群小的嫉妒與排擠，特別是君王的不滿與厭惡，以致被放逐到偏遠的蠻荒之地。但即使如此，他還時時刻刻思念著國家大事。信而見疑，忠而被謗，報國無門，壯志難酬。他想著，想著，涕淚交流，無比淒涼，長夜漫漫，輾轉反側。

白天，陽光刺眼，他折取一根樹枝來遮擋；蘋蘅枯槁，他目隨落葉四處掃描。他百無聊賴，隨意流覽，傷感歎息，思緒糾結。感情激烈，猶如沸水，他緊緊撫摸腰間的佩飾，強迫自己冷靜下來。登上山崗，眺望遠處，道路渺渺，一片沉寂；不見人影，不聞人聲。他又一次想起了彭咸、想起了商朝那位因為諫君不成，投水自沉的賢臣彭咸。他想向彭咸學習，也以投水自沉的方式來結束這種無比痛苦的生活。可是他實在於心不甘啊！

有一天，屈原攀上高峰。正好雨後出現一道彩虹，屈原此時猶如站在彩虹的頂端，背倚青天，手摸天宇，吸引清露，含漱白霜。只在這剎那之間，屈原的臉上才微微露出一絲笑容。是啊，即使多年被逐，痛不欲生，但他理想尚未泯滅，抱負仍在閃光。他的心底仍在懷念著叱吒風雲、力挽狂瀾的政治生涯。然而，這樣的幻覺，畢竟像彩虹一樣轉瞬即逝。周圍，依然是死一般的寂靜。

湘西地區，西鄰蜀郡。蜀有岷山，大江所出。屈原在湘西的幾年之中，或

四處流覽，或倚崗沉思。西邊是高高的岷山（注一），下邊是滔滔的清江。江中急流磕磕，驚濤洶洶；波瀾紛亂，毫無經緯；江水上下翻騰，左右湧動，浪花四濺，潮汐漲落。暑氣蒸騰，變為雲彩；積聚冷卻，又成雨水。他看著、聽著，心中想道，眼前這激蕩不已，變化莫測的江水景象，不正像當時變亂舊常，毫無定法的楚國政治嗎？自己還能回到這樣腐朽黑暗的政治舞臺上去嗎？這個時候，屈原考慮的已不再是回不回的問題，而是死不死的問題。作為一個政治家，被放逐多年仍未被召回，這意味著他的政治生命已經完結，那麼肉體還有無必要繼續生存下去呢？

　　滿含冤枉但又傲然不屈的詩人，拄著彎彎的黃棘拐杖，久久地躑躅在湘西的群山之中。他想向介子推學習，向伯夷叔齊學習，徹底告別國君，告別政治，但這樣做，又違背了自己當年的志向、抱負；且國家前途險惡，危亡將至，作為一個愛國者，自己又怎麼能像伍子胥和申徒狄那樣一死了之呢？不能不死，死又不能。屈原內心更加鬱結，思緒更加糾纏。這是一種怎樣難熬的精神折磨呀！

注一：關於《悲回風》的寫作時地問題，前人極少談及。清人胡文英明確言及，曰「作於郢都」，然又曰詩中所寫景物「皆寓言也」，此未免過於牽強，不足信也。《悲回風》的主題是：不能不死，死又不能。此與《離騷》「不能不離，離又不可」，完全不同，是屈原思想發展史上的一個新階段。但尚非《懷沙》和《惜往日》詩中那種堅決自沉，以死悟君的階段。蔣驥以為「此篇繼《懷沙》而作」，非也，因為此時詩人尚未下決心要去死。從《九章》諸詩思想內容看，《悲回風》的寫作時地當在《哀郢》《涉江》之後、《懷沙》《惜往日》之前。又，《尚書》有云：「岷山導江」。洪興祖補注曰：「岷山，在蜀郡氐道縣，大江所出。」《悲回風》有「隱岷山以清江」一句，隱，依也，靠也。言詩人背依岷山，此可證明當時詩人正處在湘西，離四川不遠。這樣去認知，就可彌補屈原流放史上的一個空白之點。

二、對話漁父

有一天，他邊吟詩邊走路，遊到沅江之畔（注二）。他面有菜色，皺紋猶如刀刻，鬢亂如蓬，骨瘦如柴。

江中駛來一條漁船，船頭上站著一位老翁。他驚訝地問道：「你不是三閭大夫嗎？為什麼到了這裡、還成了這個樣子？」

屈原答道：「世上的人都混濁，只有我一人清白；眾人都喝醉了，只有我一人清醒，所以被放逐出來了。」

漁父勸他說：「真正高明的人都不呆板，都很靈活，能夠隨著時代的變化而變化。世上的人都混濁，你為什麼不跟著同流合污？眾人都已喝醉，你為什麼不也跟著稀裡糊塗？為什麼一味憂國憂民，自己弄得這麼個放逐的結果？」

屈原回答說：「我聽說，剛洗頭的人一定彈彈帽子，剛洗澡的人一定要拂拂衣服。怎麼能讓清清白白的身子，蒙上世俗的污點呢？我寧肯前往湘江，葬身魚腹，怎麼能讓清清白白的身體沾上齷齪的塵垢呢？」

漁父微微一笑，划著船槳很快離開。臨行前，他唱道：「滄浪之水清洌，可以洗我的帽帶子；滄浪之水混濁，可以洗我的一雙腳。」唱畢離去，不再與屈原交談。

1.《九章・悲回風》

2.《漁父》

注二：關於《漁父》的寫作時地，王逸模糊地說是「在江、湘之間」，胡文英說是「作於荊沔之間」，蔣驥則說是「沅江」。對於胡文英之說，其實蔣驥已予駁斥，其曰：荊沔「在大江之北，原遷江南，固不能復至其地」。對於王逸之說，《漁父》文本已作否定，其曰：「寧赴湘流，葬於江魚之腹中」，「赴」者，前往也，這就說明此時尚未在湘江。反復對比、證明，余以為蔣驥之說為是。

08 定心懷沙明志

清・門應兆繪

鳳凰在笯兮，雞鶩翔舞。

　　屈原在沅江之畔與漁父對話之後，沉湘之意已決，便順著沅江，通過洞庭湖，往南奔向長沙地區、汨羅江上。

　　當時適逢孟夏四月，天氣酷熱難耐，岸邊草木高大茂密，擋得江面上無絲毫涼風。放眼望去，一片渺茫，萬籟俱寂，「修路幽蔽，道遠忽兮」。屈原內心充滿委曲、痛苦和悲傷。此時的他，形容憔悴，精神恍惚，只剩下一具麻木枯槁的肢體。

　　一路上，屈原苦苦思索，再三探尋自己一生悲劇命運的原因。他覺得，自己當年追求「美政」理想，力主舉賢授能，修明法度，但可惜的是，遭「君子所鄙」、「邑犬群吠」、「常度未替」，再加重華不遇、湯禹久遠，楚國君主昏庸，所以才「懷質抱情獨無匹」，「伯樂既沒驥焉程」。於是他寫下了著名的詩篇《懷沙》。在詩篇最後，他絕望地喊道：「知死不可讓，願勿愛兮！明告君子，吾將以為類兮！」從楚懷王十六年創作《離騷》「願依彭咸之遺則」開始，到他毅然決然踏上前往汨羅之途，幾十年過去了，他終於要加入彭咸一類賢人的行列了。不過，正如清人蔣驥所說，《懷沙》一詩「雖為近死之音，然紆而未鬱，直而未激」，尚非「絕筆」。

　　《懷沙》描寫了他從沅江到湘江一路上的景象：沅湘江水浩浩蕩蕩，激流洶湧濤聲湍急，道路漫長幽暗無光，前途無望一片渺茫。湘江、汨羅，越來越近了！

　　沅、湘齊名，為什麼屈原最終卻要「寧赴湘流葬於江魚之腹中」？有三條原因：一是春秋時期，大約與齊桓公同時，即屈原之前三百多年樣子，楚文王將屈原的先祖從秭歸附近遷徙到汨羅，所以，汨羅亦是楚人的「先王故居」，屈原在此自沉就能表現「首丘」之情；二是汨羅乃熊繹後裔被遷之地，屈原覺得自己被遷與此有相同之處，故到此自沉，正好可以「下著其志」；三是汨羅緊靠大都會長沙，資訊流通快捷，自沉之後，有可能達到「上悟其君」的目的。

　　《遠遊》一詩，也當作於此一期間。此詩告訴人們，因為遭逢昏君和讒佞，屈原白天「步徙倚而遙志兮，怊惝恍而乖懷」；晚上「夜耿耿而不寐兮，魂煢煢而至曙」；因為「悲時俗之迫厄兮」，所以他「願輕舉而遠遊」。

故事來源

1.《九章・懷沙》

2.《遠遊》

3.蔣驥《山帶閣注楚辭》

09 惜君臨終遺言

清・門應兆繪

臨江湘之玄淵兮，遂自忍而沉流。

汨羅，終於到了。

汨羅，曾經是楚人先祖的被逐之地。屈原在《哀郢》中寫過：「狐死必首丘」，意指熱愛家鄉的人應該死在自己的故土之上。他既然不能北越大江返回郢都，就只能在汨羅為自己選擇一個最後的歸宿。

五月初五，酷暑炎熱，草木莽莽，曠野無人，一片靜寂。屈子滿腹悲傷，久久躑躅於汨羅江畔、玉笥山下。他強忍住悲憤，努力整理自己的思緒，自沉的意志越來越堅定。如果說，在《懷沙》一詩中，屈原還在對自己個人的遭際耿耿於懷，慨歎「世溷濁莫吾知，人心不可謂兮」，慨歎「懷質抱情，獨無匹兮；伯樂既沒，驥焉程兮」，而到了汨羅之後，屈子對個人的禍福榮辱，已經看得很淡，早無所謂「忿懟」之情。因為《惜往日》裡只講「得罪不意」，「情冤日明」，餘皆不談，說明經過多年思考，他此時對宦海沉浮已經十分冷漠。促使他沉江的根本原因是：自己「寧溘死而流亡」，但國家「恐禍殃之有再」，他要用自己的死，再次向君王表明：自己死亡是小事，但可怕的是國家將要面臨滅頂之災啊！在毫無其他辦法的情況下，屈原要用自沉汨羅的行為表示對祖國、對君王最後的忠誠，這是一個「捨生而取義」的壯舉！

淚乾了，恨消了，怨沒了，心更涼了。屈原臉色平靜，目光淡漠，似乎超脫，實已絕望。眼前，江水浩浩蕩蕩，向前流去，無窮無盡，只發出一陣接一陣的單調的聲響。屈原沿著彎彎曲曲的江岸，拖著腿，向前走去……道路漫長又昏暗，前途無望多渺茫。正是這種冷峻、低沉的感情，最終奏出了《惜往日》這一悲涼的絕筆。

最後的時刻到了！屈原無比傷心，仰天長歎：

> 不畢辭而赴淵兮，惜壅君之不識！

蒼穹，沒有回音，只有一縷白雲，嫋嫋飄去；原野，沒有反響，只有幾絲涼風，擦邊而過。屈原，留戀地掃一眼周圍，毅然縱身一躍，投進了洶湧的江流！

這一躍，迸射出了中國文學史上最絢麗的一絲火花！

這一躍，彷彿是晴天裡的一聲霹靂！

楚國愣了，人民愣了。

　　但是，祖國和人民決不會忘記自己的兒子。成千上萬的人們，來到江邊，駕起龍舟，企圖追尋飄然而去的靈均之魂；他們用蘆葉包上糯米紅棗，放到江中，以慰藉屈子的英靈，一年又一年，一代又一代……

　　屈原死了，但他的詩歌，「金相玉質，百世無匹」；他那崇高熾熱的愛國思想和純潔高尚的理想情操，更將如北去的湘江，世世代代，永遠流傳！

　　《九章・惜往日》

第二編　歷代掌故

作者按：楚辭一書，特別是《天問》篇中，涉及不少歷史掌故。因為詩歌語言要求高度概括、簡潔凝練，往往給人「語焉不詳」之感，故需參考其他敘事古籍，作出比較具體的闡述。又，楚辭記載的若干歷史故事，甚為新奇，乃其他古籍所未見，故需展開，以補正史之不足。

甲卷　夏朝掌故　　　乙卷　商朝掌故
丙卷　西周掌故　　　丁卷　春秋掌故

甲卷　夏朝掌故

01　伯鯀爲何而死

《天問》云：「不任汨鴻，師何以尚之？僉曰何憂，何不課而行之？鴟龜曳銜，鯀何聽焉？順欲成功，帝何刑焉？永遏在羽山，夫何三年不施？……阻窮西征，岩何越焉？化爲黃熊，巫何活焉？咸播秬黍，莆雚是營。何由並投，而鯀疾修盈？」

　　虞舜爲什麼要殺鯀？一般人以爲，是鯀治水失敗，所以舜才殺死了他，如《山海經》寫道：「洪水滔天，鯀竊帝之息壤以堙洪水，不待帝命，帝令祝融殺鯀於羽山。」連司馬遷的《史記・夏本紀》也這樣說：「舜登用，攝行天子之政，巡狩，行視鯀之治水無狀，乃殛鯀於羽山以死。」而屈原在《天問》中提出了疑問，他說：「鯀的才幹不能勝任治理洪水，而眾人爲什麼還要推舉他？大家都說怕什麼，爲何不讓他先試一下？鴟龜拖著尾巴銜著東西走路，對鯀爲什麼有啟發？順著眾人的意思或許能夠成功，舜帝爲什麼還要殺死鯀？把鯀長期囚禁在羽山，爲什麼三年後還不放他？」

　　實際上，鯀之被殺，主要不是因爲治理洪水失敗，首先是他性格耿直，心直口快，直接表示了對帝堯不傳位給他的不滿，其次是政治原因，即下失民心，上失帝寵。

　　當年帝堯執政時，洪水滔天，浩浩蕩蕩，甚至淹沒了山陵，百姓們十分憂慮。帝堯到處覓求能治理洪水的人。群臣和四方諸侯都說鯀勝任此事。帝堯說：「鯀爲人違負教命，自毀家族，讓他治水，不可以吧。」四方諸侯說：「比較起來，還沒有比鯀更有才能的人了，希望您能試用一下。」於是帝堯聽從了四方諸侯的話，任用鯀來治水。鯀治理了九年，但洪水依然沒有消退，帝堯未能成功。於是帝堯另求他人替代自己，最後找到了舜。唐堯把天下禪讓給虞舜後，虞舜代理天子職權，巡視天下，看到鯀治理洪水毫無章法，十分生氣。而鯀也十分生氣，因爲虞舜即位後，許多人得到晉升，但他的封爵仍是諸侯。鯀本來性格耿直，這時更口無遮攔，他憤怒地說：「得天下之道的人是帝

王，得帝王之道的人當是三公。現在我得到了帝王之道，卻不封我為三公！」他認為虞堯做錯了。他想要得到三公的封號，所以十分憤怒，有意造反作亂。於是他建造了高達二丈四尺高的城牆，同時招兵買馬，其結果是勞民傷財，怨聲載道，諸侯紛紛背叛了他，海外各國也都有了不滿之心。在鯀眾叛親離的情況下，帝舜就將他及其妻子修己一起流放到東海之濱的羽山，時間長達三年之久。在這三年時間裡，他只能種植蒲草和蘆葦一類東西，以消磨時光。後來，帝舜有事召見鯀，他竟然拒絕不來，只在野外周遊。他成了帝舜的一個禍患，於是帝舜就下令將鯀殺死在羽山，還用吳刀剖開了他的肚子。

1. 《尚書・堯典》
2. 《史記・五帝本紀》
3. 《史記・夏本紀》
4. 《呂氏春秋・行論》
5. 《淮南子・原道訓》

02 大禹娶妻生子

《天問》云：「禹之力獻功，降省下土四方。焉得彼塗山女，而通之於臺桑？閔妃匹合，厥身是繼？胡為嗜不同味，而快朝飽？」

大禹治水，史之所傳。而實際上，大禹不僅僅是水利專家，而更重要的是一位政治家；他的功勞，不僅僅是治水，更重要的是政治。他通過治理遍及華夏的洪水，將天下分為冀州、兗州、青州、徐州、揚州、荊州、豫州、梁州和雍州，而且，他在治水之後，更改各州對中央天子的貢賦之法，即根據治水過程中瞭解到的各州土地所有，定其貢賦之差。因此，大禹對於中國國家體制的形成和鞏固，是有莫大功勞的。也正因為如此，他的治水不是一朝一夕所能完成的，而是一連幹了很多年。應該說，這也就是虞舜後來禪位於他的主要原因。

為了治水，大禹三十歲時尚未娶妻。一天，他治水來到安徽塗山一個叫「臺桑」的地方，怕年歲已大，違背了「男大當婚」、生兒育女的古制，就說：「我要結婚，一定會有人找我的。」正好這時有一位身披九尾白狐裘的女子來到大禹跟前。大禹說：「白色，是我愛的服色；九尾，是王室的證明。有首《塗山之歌》唱道：『綏綏白狐，九尾龐龐；我家嘉夷，來賓為王；成家成室，我造彼昌；天人之際，於茲則行。』已把這段婚姻說明白了。」於是，大禹就娶了這位塗山女，給她取名叫「女嬌」。

大禹娶了塗山女之後，不願意以私害公，辛日結婚，到甲日才僅僅四天，他便毅然決然離家去治水。這個舉動感動了當地的百姓，所以江淮一帶形成一個風俗，就是把辛、壬、癸、甲四天作為嫁女娶妻的日子。

大禹走後，為了治水，四處奔波，三次路過家門也沒時間進門看看。女嬌實在想念丈夫，就讓她的婢女經常到塗山的南坡上等候，還在夏縣西北十五里的地方修造了一個高臺，她天天站在臺上向遠處眺望。這座臺，人稱「青臺」，上邊還造有一座祠堂，人稱「禹祠」。女嬌還常常唱道：「等人啊，等

人啊！」這實際上就是中國最早的南方歌曲，據說後來的周公和召公蒐集這類歌曲，結集為《詩經》中的《周南》和《召南》。

等不著，就去找。女嬌找到大禹後，要天天給他送飯。大禹給她立了一條規矩：「妳送飯時，一定要聽到鼓聲之後才能過來。」有一天，大禹為了治理洪水，要打通轘轅山，就變成一隻熊。禹跳動時踹下一塊石頭，誤中大鼓，發出了聲音。聽到鼓聲，塗山女就前往送飯，正好看見大禹變成一隻熊，她羞愧地跑了。

塗山女跑到嵩山腳下，變成一塊石頭。大禹追過來，大聲喊道：「把兒子還給我！」言畢，女嬌石的北面一下裂開，生下兒子啟。啟生下後，大禹因為忙於治水，也不能經常回家，因此，啟平時見不著父親，早晚呱呱哭泣。

1. 《尚書・益稷》

2. 《尚書・禹貢》

3. 《吳越春秋・越王無餘外傳》

4. 《呂氏春秋・音初》

5. 《史記・夏本紀》

6. 酈道元《水經注・淮水》

7. 洪興祖《楚辭補注》引《淮南子》

8.〔北魏〕闞駰《十三州志》

03 夏啓誅益立國

明・蕭雲從繪

獻功得女，黿鼉飽蠵；作革播降，九辯九歌。

《天問》云：「啓代益作後，卒然離孽。何啓惟憂，而能拘是達？皆歸射鞠，而無害厥躬；何後益作革，而禹播降？啓棘賓商，《九辯》《九歌》；何勤子屠母，而死分竟地？」

《離騷》云：「啓《九辯》與《九歌》兮，夏康娛以自縱；不顧難以圖後兮，五子用失乎家巷。」

夏禹即位十年時，巡視東方，到了會稽，因病而逝。他死後，其指定的接班人伯益與其子夏啟之間爆發了一場激烈的你死我活的政權爭奪戰。

夏禹生前與伯益曾經共事（或曰伯益佐禹），前後時間至少長達二十七年。在長期共事的過程中，夏禹當然會發現伯益只能是個負責具體事務的行政官吏而無擔任天子君臨天下的資質。但是，為了表示他要繼承堯、舜的禪讓之「義」，他臨終前說自己的兒子「不足於勝任」治理天下的大位，就把天子之位禪讓給了伯益，同時卻又別有用意地把啟的親信黨羽安排擔任握有實權的職務。

伯益本無天子之資質，所以即位後，天下讓他搞得一蹋糊塗。相比之下，夏啟繼承了父親的思想，憂國憂民，很得人心。再加國家的一些重要部門都掌握在夏啟的親信黨羽手中，所以，儘管名義上伯益是天子，似乎大權在握，但實際上，各路諸侯到中央朝覲，百姓之間有了官司，都不去找益而找啟，異口同聲說：「啟是我們君主的兒子。」人們唱歌時，不歌頌益而歌頌啟，說：「他是我們君主的兒子。」

伯益慌了手腳，為了坐穩江山，他突然之間下令拘押夏啟。這下就反而給夏啟奪權製造了口實。三年之後，大禹喪事已畢，啟的親信黨羽們立即反擊，救出夏啟，猛烈攻擊並徹底打敗了伯益的部隊。伯益被迫離開京城，把帝位讓給了啟。可是他又不甘心，有時還要加以干涉國事，於是夏啟乾脆派人殺死了伯益，然後正式登上帝位，他就是夏朝的第二個國君。因此，有的史書上說，大禹名義

上是將天下傳給了伯益，其實是要讓啟親自通過鬥爭去奪取。（注一）總之，在接班人問題上，充分暴露了夏禹假仁假義的一面。

夏啟有一個同族兄弟名叫「有扈」。夏啟奪權成功，當了天子，有扈不服，發動叛亂。啟便率領六軍前往討伐，在甘地的原野上與有扈大戰一場。開戰前，啟召集六軍統帥開會，告誡說：「六軍統帥們，我告訴你們，有扈氏背叛朝廷，拋棄正義，上天現在要剿滅他、殺掉他。現在，我同你們一起奉天之命討伐他。如果射箭的不能壓制住對方的箭手，持戈的不能壓倒對方的戈手，駕車的沒有駕好車，你們就是沒有執行命令。命令執行得好，我要嘉獎你們；不執行命令的，我要殺掉你們！而且還要罪及你們的家人！」動員之後，士氣大振，很快就滅掉了有扈氏。有扈氏的城市被夷成一片廢墟，百姓大量死亡，有扈本人也被殺掉。從此，夏啟才算真正地坐穩了天下。

武功赫赫，平定天下之後，啟帝還重視文治，大興禮樂，蒐集了流行於民間的《九辯》《九歌》等歌曲。誰能想到，據說從石頭母親肚子裡蹦出來的一個孩子，居然能有如此的豐功偉績！（注二）

但是，誰又能想到，夏啟的兒子太康即位之後卻沉緬酒色，荒淫無度，晝夜演奏，恣情縱欲。他還經常出外遊獵，在野外飲酒作樂，不理朝政，不關心民生疾苦，最終被他的大臣羿所趕走。這又是一場你死我活的政權爭奪戰。太康在野外遊獵時被奪了權，流浪在外，不能回到京城，以致他的五個兒子及其母親無家可歸。

注一：《戰國策‧燕策一》有云：「禹授益，而以啟人為吏。及老，而以啟為不足任天下，傳之益也。啟與支黨攻益，而奪天下。是禹名傳天下於益，其實令啟自取之。」此與《史記》所載不同，本書兼顧兩家之說。

注二：本故事用王逸章句之意。《山海經》有云：「夏後……上三嬪於天，得《九辯》《九歌》以下。」注曰「皆天帝樂名，啟登天而竊以下，用之。」洪興祖因此懷疑王逸未見過《山海經》。五臣則曰：「《騷經》《天問》多用《山海經》……豈誣也哉！」

參考文獻

1. 《孟子・萬章上》

2. 《墨子・非樂上》

3. 《史記・夏本紀》

4. 《尚書・甘誓》

04 寒浞陰謀殺羿

明・蕭雲從繪

羿射河伯，妻彼洛嬪。

　　《天問》云：「帝降夷羿，革孽夏民。胡射夫河伯，而妻彼洛嬪？馮珧利決，封豨是射。何獻蒸肉之膏，而後帝不若？浞娶純狐，眩妻爰謀。何羿之射革，而交吞揆之？」

　　《離騷》云：「羿淫遊以佚畋兮，又好射夫封狐。固亂流其鮮終兮，浞又貪夫厥家。澆身被服強圉兮，縱欲而不忍。日康娛而自忘兮，厥首用夫顛隕。」

　　禹的孫子太康荒淫放縱，失去政權；他的弟弟仲康即位，亦很懦弱；仲康死後，他的兒子相即位，但很快被羿趕走，夏朝政權一度落入他姓手中。

　　有窮羿氏，他的祖上在帝嚳以前就是「射正」，即專門負責射箭的官員。帝嚳賜給他紅弓白箭，封地於鉏，職為「司射」，後歷官虞、夏兩朝。總之，自遠古以來，「羿」就是射箭能手的代名詞，故《淮南子》記載：堯曾派羿在南方大澤疇華之野殺死怪獸鑿齒，在北方的凶水之上殺死九頭怪物，在東方的青丘之上射殺猛隼大風，從天上射下十個太陽，地下殺死吃人怪獸猰貐，在洞庭湖裡砍斷長長的蟒蛇，在桑林之中擒住大野豬，老百姓們高興了，就擁戴堯擔任天子。但那記載的是堯時的神箭手，並非夏朝有窮羿氏。

　　有窮羿氏少時向吉甫學習射箭，他的手臂長，因為善於射箭而聞名。他曾經射傷黃河中之水怪，還曾娶洛水邊一位美麗的姑娘為妻。他趁夏朝衰弱的機會，從鉏地搬遷到窮石。他打著民意的幌子，實際是仗著勇武善射的實力，在朝中橫行霸道，威逼后相和群臣，代掌夏朝之政，最後乾脆把帝相趕到商丘。軟弱無能的夏后相無處可歸，只能依附於同姓諸侯斟尋。

　　羿本質上是一介武夫，不是真正的政治家，他根本不懂治國理政之法。竊居天子之位後，他仗著善於射箭，武藝高強，一味打獵取樂，不管民間疾苦，還趕走忠良之臣武羅、伯姻、熊髡、龍圉，反而相信奸人寒浞。寒浞，是伯明氏那個好說人壞話的兒子。伯明後因為這個兒子好說人壞話就拋棄了他，而帝羿倒把他任命為自己的助手。

　　寒浞是個小人，他在帝羿面前極盡阿諛奉承之能事，而在背後卻百般玩弄陰謀詭計。他趁帝羿外出打獵的機會，私下與帝羿宮中的女人相通，又廣泛賄賂宮外諸多官吏，設計愚弄百姓。而帝羿對此毫無所知，這時仍在野外興高采烈地打

獵而不回朝。最後，寒浞用陰謀詭計奪取了帝羿的政權，宮內宮外的人們都歸順了他。帝羿的妻子居然還愛上了寒浞，甚至幫他出主意，商量怎樣消滅帝羿。此時的帝羿仍然沒有覺察，高高興興地從野外歸來，想回到朝廷去。寒浞為難了，著急了，因為畢竟帝羿武藝高強，一旦回朝，結局很難預料。他想到了一個人，那就是帝羿的學生逢蒙。逢蒙也是個小人，他跟著羿學習射箭，可以說學到了羿的全部技藝。他不但不感恩，反而感到天下只有帝羿一人能超過他，所以他很是嫉妒，早有殺羿之心。這時，寒浞找到他，許給他不少好處，唆使他在帝羿回朝必經的桃梧之地射殺他。在帝羿毫無防備的情況下，逢蒙一箭射死了自己的恩師。寒浞這還不甘心，竟然下令把帝羿的屍體扔到油鍋裡去煮。煮熟後，又將羿肉拿去讓他的兒子吃。他的兒子不忍吃自己父親的肉，寒浞就把他殺死在有窮國的城門口。當年不可一世的后羿，就落得了這麼一個悲慘的下場。寒浞從此取代夏朝，自立為天子。

寒浞不僅殺了后羿和他的兒子，還霸佔了他的妻子，幾年後生下兩個兒子，一個名叫澆，一個名叫豷。澆長大後，力大無窮，能在陸地上撐船。寒浞其人就知道搞陰謀詭計，沒給老百姓做什麼好事，當然人心不穩，人心思夏。於是他就派澆帶兵去攻打斟灌國和斟尋國，趁機殺死了躲藏在那兒的夏朝帝相。事成後，寒浞封澆於過地，封豷於戈地。打下斟灌國和斟尋國後，寒浞仍然一味搞陰謀詭計，根本不關心民生疾苦。過澆也以為大事已定，可以高枕無憂，天天放縱情欲，飲酒作樂，大失民心。十幾年之後，少康崛起，很快就滅了寒浞及他的兩個兒子過澆和戈豷。

從夏后相被篡，經歷后羿和寒浞兩朝，直到恢復夏朝統治，前前後後經過了約四十年。

參考文獻

1.《左傳》襄公四年、昭公二十八年、哀公元年
2.《史記‧夏本紀》「帝相崩，子帝少康立」句下「索隱」和「正義」所注
3.王逸《楚辭章句》

05 少康精心中興

明‧蕭雲從繪

何少康逐犬，而顛隕厥首？

《天問》云：「惟澆在戶，何求於嫂？何少康逐犬，而顛隕厥首？女歧縫裳，而館同爰止。何顛易厥首，而親以逢殆？……覆舟斟尋，何道取之？」

當年，澆殺死夏后相時，后相有一個妃子名叫後緡，正身懷有孕。她見情況不好，趁著漆黑的夜色和混亂的場面，十分機警地從牆洞裡逃了出來，回到娘家有仍國，並在有仍國生下了一個兒子，這就是後來的夏朝中興之君少康。

少康長大後，當了「仍」地的長官。過澆知道後，很有戒心，立即派大臣椒前往抓他。少康就逃到有虞國，給當地酋長當個掌管飲食的小官吏，藉以躲避禍害。有虞國的酋長名叫虞思，他很有眼光，看出少康將來一定不是凡人，於是就把自己的兩個女兒嫁給他，並在綸地給他一個封邑。從此，少康就有了一塊屬於自己的領地，還有一支五百人的部隊，能夠廣施恩德，開始他收復祖業的計謀。

當初，夏朝有個大臣名叫靡，曾經追隨過羿。羿被寒浞殺死後，他就逃到了有鬲氏那兒。他趁寒浞和過澆燒殺搶掠、禍害百姓的機會，團結斟灌國和斟尋國受到迫害的廣大夏朝遺民，起來反抗寒浞的統治，組成了一支隊伍。少康收攏了靡這樣的夏朝遺臣和他們的隊伍，恢復了他們的官職。他還加強情報工作和策反工作，派一個名叫「女艾」的大臣打入過澆內部充當間諜，又派自己的兒子季杼去引誘戈豷。

就在少康韜光養晦，爭取民心，招兵買馬，準備復國的時候，寒浞和他的兒子們卻驕奢淫逸，與民為敵，失去了執政的根基。那個過澆更是荒唐，竟然還常常到他嫂子門口，裝作有事的樣子，進門讓他的嫂子女歧幫他縫補衣裳，最後與他的嫂子住在一起，發生淫亂關係。少康打聽清楚這件事之後，一天晚上，就偷襲過澆與女歧私通的地方，衝進去一陣亂砍。抓住一個人頭立即砍斷了他，以為是過澆，實際是女歧，結果混亂中讓過澆逃跑了。

但是，他最終還是難逃厄運。一天，少康藉口打獵，放出狼狗去追逐野獸，實際趁機追上過澆，咬死了他。少康搶上前去，砍下他的腦袋並扔到地上。

他兒子季杼也很能帶兵，踏平戈地，殺死了寒浞小兒子豷。至此，有窮氏徹底滅亡，夏朝又恢復了統治。

寒浞勢強，少康勢弱。少康憑什麼最後摧枯拉朽般地消滅了寒浞和他的兒子

們？憑的就是民心。

1.《左傳》襄公四年、昭公二十八年、哀公元年
2.《史記・夏本紀》「帝相崩，子帝少康立」句下「索隱」和「正義」所注
3.王逸《楚辭章句》

06 夏桀敗走南巢

明・蕭雲從繪

桀伐蒙山，湯殛妹喜。

《天問》云：「桀伐蒙山，何所得焉？妹嬉何肆，湯何殛焉？」

《離騷》云：「夏桀之常違兮，乃遂焉而逢殃。」

夏朝最後一位國君名叫「履癸」，死後商人稱之為「桀」。

帝桀即位時，政治形勢十分嚴峻，自他曾爺爺孔甲帝以來，許多諸侯已經背叛夏朝。但是，帝桀不僅沒有整治德政恩澤百姓廣結民心，反倒更加大興土木，窮奢極欲，欺壓百姓，傷害百姓。夏桀後期，廣蓋宮殿，雕飾瑤臺，修築瓊室，建立玉門。這些用的都是搜刮來的民脂民膏啊！百姓不能再忍受下去了。

夏桀造的酒池子又大又深，足可以在裡邊划船；酒糟堆成的小山丘，高到可以眺望方圓七里外的地方；敲一聲鼓，到酒池邊來拼命喝酒的有三千人。賢臣關龍逄進宮勸諫說：「作為一國之君，應該踐行禮義，愛民節財，這樣國家才能安定，自己也能長壽。現在，君王您揮霍財富好像就怕用不完，徵用百姓好像就怕他們累不死。再不改變，上天必定會降下災殃，殺身之禍也一定會到來。君王，您還是改了吧。」說完，他站著不離開朝廷。夏桀居然派人把他關押了起來。

帝桀發兵攻打蒙山地區的有施國。大兵壓境，有施國君就把國內一個最美麗的名叫「妹嬉」姑娘送給帝桀，以求和平。妹嬉這個姑娘，十分漂亮，但品德不好，表面溫柔可愛，而心裡比最險惡的男人還要壞。帝桀得到這個姑娘後，把她封為愛妃，白明黑夜地同她一起喝酒，還常常把她抱在懷裡，讓她坐在自己的膝蓋上調戲親熱。從此，帝桀完全聽她的話，妹嬉說一不二，凡是違背妹嬉意志的人，都要倒楣被殺掉，朝政於是更加昏亂黑暗。

帝桀後來聽說岷山地區還有兩個十分漂亮的姑娘，於是就又發兵攻打岷山。岷山莊王沒辦法，只好交出這兩個美女，一個名叫琬，一個名叫琰。得到這兩個美女之後，夏桀又天天與她倆鬼混，花天酒地，根本不顧朝政大事和民生疾苦。各路諸侯就更加離心離德了。

湯本是一方諸侯，很得人心。帝桀把他視為眼中釘肉中刺，隨便找個理由就把他抓了起來，關在夏臺的水牢之中，百般虐待。不久，又把他放了出來。湯出獄之後，更加廣泛施行德政，爭取民心，漸漸地，各路諸侯都歸順了湯。湯的實力越來越強，看準機會就率兵攻打夏桀。雙方在鳴條的原野上大戰一場，最終商

湯打敗了夏桀。打了敗仗之後，夏桀就帶著妹嬉乘船逃往南巢，最後死在南巢。夏桀臨死也沒有明白戰敗被放的原因是自己失德失政失民心，反倒說：「我後悔當初沒有在監獄水牢中殺掉湯，以至今日的下場。」

　　泱泱夏朝，至此滅亡。

　　有夏一朝，自禹至桀，共十四世，前後延續共四百七十一年。

　　1.《國語‧晉語一》

　　2.《史記‧夏本紀》

　　3. 劉向《新序‧節士篇》

　　4.《漢書‧外戚傳序》顏師古注

　　5.《列女傳》

　　6.《竹書紀年》夏紀

　　7.《藝文類聚》卷作八十三寶玉部

乙卷　商朝掌故

01　商朝孕於燕蛋

明·蕭雲從繪

簡狄在臺嚳何宜？玄鳥致詒女何喜？

　　《天問》云：「簡狄在臺嚳何宜？玄鳥致詒女何喜？

　　《離騷》云：「望瑤臺之偃蹇兮，見有娀之佚女。……鳳凰既受詒兮，恐高辛之先我。」

　　《九章‧思美人》云：「高辛之靈盛兮，遭玄鳥而致詒。」（注）

　　商朝的始祖名叫契，生在堯的時代。契的母親名叫簡狄。

　　簡狄是有娀家的長女。她是一個十分漂亮的姑娘，家裡專門為她們姐妹修築了一座用玉石疊起來的九層高臺，平時讓她們姐妹在高臺上吃飯、觀景。有一天，簡狄和她的兩個妹妹一起在玄丘小河裡洗澡。天上有一隻燕子口裡銜著一顆鳥蛋飛過，到她們的頭上時，鳥蛋突然掉落了下來。姐妹三人搶著上去撿，簡狄首先撿到。這顆鳥蛋很奇特，上邊有五色花紋，還隱隱有「八百」字樣。簡狄十分好奇，開始時將這顆蛋含在嘴裡玩，誰知一不小心就吞進了肚子裡。夜裡，她作了一個奇怪的夢，夢中有一位老婦對她說：「妳吃了這顆蛋，將要生下一個了不起的兒子，將來會有一番了不起的事業。」果然，簡狄很快就發現自己懷孕了，十四個月之後就生下一個男嬰，這就是契。

　　契長大後，輔佐大禹治水有功。一天，帝舜命令契說：「現在百姓不相親睦，父子、君臣、夫婦、長幼、朋友這五種名位等級也不順暢。你作為司徒之官，應該恪守職責，搞好五常教育，最終目的是讓人際關係更加寬鬆。」契很好地完成了舜交給的使命。舜把他封在商洛之地，賜姓子氏。

　　契崛起在唐堯、虞舜和大禹時代，功業顯赫，百姓擁戴，開創了殷家綿綿八百年的基業。

　　1.《史記‧殷本紀》
　　2.《列女傳》卷一
　　3.《詩經‧商頌‧玄鳥》
　　4.《搜神記》卷二

注：關於「玄鳥生商」的傳說，説法種種。如，簡狄是否「為帝嚳次妃」問題，「索隱」引譙周語證曰：「則簡狄非帝嚳次妃明也。」如此等等。本書以《史記》所載為主，兼顧各家之説，改編而成。

02 王亥父子荒淫

明・蕭雲從繪

胡終弊於有易，牧夫牛羊？

明‧蕭雲從繪

有扈牧豎，雲何而逢？擊床先出，其命何從？

《天問》云：「該秉季德，厥父是臧。胡終弊於有易，牧夫牛羊？干協時舞。何以懷之？平脅曼膚，何以肥之？有扈牧豎，云何而逢？擊床先出，其命何從？恒秉季德，焉得夫朴牛？何往營班祿，不但還來？昏微遵跡，有狄不寧，何繁鳥萃棘，負子肆情？眩弟並淫，危害其兄，何變化以作詐，後嗣而逢長？」（注）

契的六代孫子名亥。王亥少時聰明伶俐，很得其父王季的歡心。王季常常誇獎他。王亥長成，承繼父爵。他在作客有易國時，偶然間看中一位美女，愛上了，而且愛得很深，好像吃了迷魂藥，居然偷偷地留在有易國，隱姓埋名，變成一位牧羊少年。他不僅放羊，而且還養牛。因為天性聰明，所以他養的牛羊十分肥壯，而且還用牛拉車。王亥是中國最早用牛拉車的人。

王亥終於找到了那位心儀已久的姑娘。那位姑娘很美，玉貌如花，胸部高突，皮膚像凝脂一樣白晰柔嫩。風流倜儻的王亥越看越癡，簡直不知身在何處。姑娘轉身，回眸一笑。王亥疾步追上，手揮著飾有鳥紋的干盾、羽扇，跳起充滿陽剛之氣的男兒之舞，還邊跳邊唱，盡情表白自己的愛慕之情。藍天白雲之下，哪個姑娘不愛英俊少年？何況還是一個牧有一群肥壯牛羊的的英俊少年？這對俊男靚女自然而然地生活在一起。

有易國的君主名叫綿臣。他聽說一位外來少年勾引本國美女並與她私通，怎能不讓他氣憤填膺？他下達了殺害王亥的命令。夜，一個漆黑的夜裡，一群武士包圍了王亥的住地。王亥正與美女在床上顛鸞倒鳳，突然，門板一下被踹開，黑暗之中，刀劍砍向臥床。王亥奪命而逃，但在重重包圍之中，又怎能脫身？綿臣十分殘忍地殺害了王亥，將他的雙手、雙腿、頭顱和軀幹，全部分解開來，然後拋棄在荒野之中。

王亥的弟弟王恒，也跟王亥一樣聰明伶俐，深得父親的歡心。聽到哥哥被害

注：關於《天問》「亥秉季德」以下二十四句，王逸以下近兩千年來盡誤解。上世紀初王國維先生以殷朝卜辭證之，力推舊說，振聾發聵，且廣證博引，遂成定讞。

的噩耗，他非常悲痛，整軍振武，還多次潛入有易國，刺探情報，以圖報復。最終，王恒揮師進攻，一戰而勝，狠狠打擊了有易之軍，奪回了哥哥當年飼養的那群肥壯的牛羊，奏凱班師，然後大頒賞齎，犒勞有功之人。

王亥的繼任者是他的兒子上甲微。王恒一戰，大概兵力懸殊的原因，只是稍稍打擊了一下有易之國，而未能徹底剷除仇人。作為王亥的兒子，殺父之仇焉能不報？上甲微為了有把握，除了帶領自己的士兵外，還決定向河伯借兵。河伯十分為難。因為他與有易國君綿臣平時友善，見到老友有難，他很同情；而上甲微又是殷之賢王，他也不敢得罪。左思右想，河伯只好一邊出兵幫助上甲微去討伐有易國，一邊又悄悄地派人給綿臣通風報信，幫助他逃出有易國，前往遙遠的南方，變成瑤民。

上甲微終於佔領了有易國。有易國的老百姓從此過上動盪不安的日子。上甲微成了有易國的統治者後，居然也看中了有易國的美女，肆意淫逸。更可悲的是，他的弟弟居然也看中了這位美女，與其通姦，甚至還因為此事經常同他哥哥搗亂。同胞兄弟，並淫一女，鬧得烏煙瘴氣，臭名昭著。然而恰恰是這樣的人家，竟然延續了一代又一代，到了成湯，還推翻夏桀，奪得了天下。

1. 《山海經‧大荒東經》：「有困民國，勾姓，而食。有人曰王亥，兩手操鳥，方食其頭。王亥托於有易河伯僕牛，有易殺王亥，取僕牛。河（伯）念有易，有易潛出，為國於獸方食之，名曰搖民。」郭璞注曰：「言有易本與河伯友善。上甲微，殷之賢王，假師以義伐罪，故河伯不得不助滅之。既而哀念有易，使得潛化而出，化為搖民國。」周按：《淮南子‧本經訓》注中云：「瑤」「搖」通用。

2. 《山海經‧海內北經》：「王子夜（亥）之屍，兩手、兩股、胸、首、齒皆斷，異處。」

3. 游國恩 《天問纂義》

03 成湯以德興商

明・蕭雲從繪

水濱之木，得彼小子。

　　《天問》云：「緣鵠飾玉，後帝是饗；何承謀夏桀，終以滅喪？帝乃降觀，下逢伊摯；何條放致罰，而黎服大說？……成湯東巡，有莘爰極；何乞彼小臣，而吉妃是得？水濱之木，得彼小子；夫何惡之，媵有莘之婦？湯出重泉，夫何罪尤？不勝心伐帝，夫誰使挑之？……初湯臣摯，後茲承輔；何卒官湯，尊食宗緒？」

一、湯出重泉

　　成湯是契的第十四代孫，「湯」是他的字，其名「履」，又名「天乙」等。湯開始住在商丘，繼任爵位後就從商丘搬到商人先祖帝嚳（契之父）的封邑西亳。

　　成湯曾遭牢獄之災。夏桀登位二十二年時，因為不少諸侯國不服他的統治，所以他要殺雞給猴看。商湯在諸侯國中威信很高，夏桀對此十分生氣，他聽信了一位讒諛佞臣趙梁的奸計，下令讓商湯來到夏都議事。商湯（履）奉命前來朝拜，夏桀蠻不講理，當即命人將商湯抓了起來，關進監獄（注一），而且還是關在水牢（重泉）之中。商湯沒辦法，只好托人賄賂夏桀。商湯本來就沒罪，再加夏桀是個貪婪之人，得到商湯的好處，就把他從水牢中放了出來，還放回了西亳。

　　商湯回到西亳後，更加注意廣施恩德，招攬人才，爭取民心。有一天夜裡，他作了一個夢，夢中有一個人抱著大鼎，對自己莞爾微笑。在先秦時代，大鼎被看作是國家政權的象徵，這個夢中人想把國家政權交給自己。他想找到這個人。後來他在招攬人才的過程中，聽說有莘國有一位奇才，名叫伊摯，但是他流落民間，正在有莘國當農民，天天在原野裡種莊稼。

二、水濱小子

　　民間還流傳著不少關於伊摯的故事。有莘當地的人們稱伊尹為「水邊小子」，因為據說伊尹的母親住在伊河邊上，懷孕之後，曾經夢見一位神女告訴她：「石臼和灶下出現水和青蛙時，妳要迅速向東離開，千萬不要回頭去看。」第二天，她看到石臼中湧出了水，就馬上告訴鄰居們趕快離開，她自己

注一：事見《竹書紀年》。

向東跑了十里路。這時她沒有聽神女的話，回頭看了一下自己的家鄉，那裡全是洪水。她大吃一驚，剎那間，洪水湧來，把她捲走。她被淹死了，身體變成一棵空心的桑樹。洪水消退之後，有莘地區的一位姑娘來此採桑，聽到水邊有小孩的啼哭聲。順著哭聲去尋找，她從空心桑樹裡抱出來一個嬰兒。因為是從水邊撿來的孩子，所以人們稱他為「水邊小子」。又因為是從伊河邊撿來的，所以當官後，就稱他為「伊尹」。那位姑娘撿到這個小孩後，就交給了有莘國君。國君讓自己的一位廚師撫養他。這個小孩長大後，有奇特的才幹，但因為是從空心樹中出來的，所以看不起他，他只能在田野裡種地。

三、湯用伊尹

商湯知道伊尹是個人才，所以五次派人去聘請他。有莘國的國君聞訊後，不同意，把人扣住不讓走。商湯就換了一個辦法，派人去向有莘國君求婚。這是兩個諸侯國之間交好的表示，有莘國君當然會答應。本來有莘國君就因為伊尹是從空心桑樹中出來的，在他看來這是一個怪物，所以就把他當作女兒的陪嫁奴才送給了商湯。

伊尹是一個陪嫁的奴才，原本由廚師撫養長大，自然擅長廚藝。到了西亳之後，當然會分在廚房中工作。有一次，他調和五味，烹煮了一鼎十分好喝的天鵝羹，商湯喝了之後十分高興，召見了他。商湯問他是怎麼烹煮出這麼好喝的天鵝羹的。伊尹講了調和五味的道理，同時說，您如果讓我治理國家，協調陰陽，也會做得很好的。商湯很高興，本來就知道伊尹是個人才，還五次派人去聘請過他，所以當即拜他為相，讓他參與治理國家。

有了伊尹的輔佐，成湯把國家治理得更好了。他特別注意以德服人。一天，商湯出外，看到原野上四面八方都張著網。他身邊的巫者說：「天下四面八方的禽獸都將陷入我們的羅網。」成湯說：「你這是要趕盡殺絕呀！」於是下令撤去三面的羅網。天下諸侯聽到這件事後說：「商湯的德行好極了，甚至對禽獸也都很寬大啊。」

四、伊尹反間

與商湯的德政相反，夏桀溺於酒色，虐政害民，荒淫無度，人心喪絕。正好

此時諸侯昆吾氏起來作亂。商湯借機準備進攻夏桀。興兵前，他先派伊尹到夏桀身邊去。怕夏桀不相信，商湯就親自用箭射傷伊尹，伊尹連夜逃往夏朝首都。這大概是中國歷史上最早的反間計範例。

伊尹逃到夏桀身邊後，施展他的烹調技藝，深得夏桀的歡心。據載，夏桀得到岷山琬和琰這兩個美女之後，對他的元配妹嬉反倒冷淡了。伊尹便趁虛而入，接近妹嬉，勾引妹嬉，兩人甚至還發生了不正當的男女關係。（注二） 他借此深入瞭解夏朝政治、經濟和軍事等各方面的情報，同時給夏桀出盡餿主意，把夏朝的政局搞得更亂。三年之後，看看火候差不多了，伊尹就又設法回到成湯身邊。

五、湯放夏桀

在伊尹的輔助下，商湯親率七千輛戰車，敢死鬥士六千人，同時率領各路諸侯發起進攻。開始是打著平定昆吾氏的幌子，商湯親自拿著大鉞去平定昆吾之亂，然後趁勝追擊，去討伐夏桀。臨行前，對眾人說：「夏桀有罪，上天命令去消滅他。你們要與我同仇敵愾。凡與我同心協力勇往直前的，將來一定有豐厚的賞賜；凡是不與我同心協力的，將來一定給予懲罰，決不赦免！」商湯還說：「我十分喜歡打仗！」所以自稱「武王」。

商湯率領的聯軍與夏桀的部隊在鳴條之野進行了一場大決戰，最終徹底打敗了夏桀，將夏桀同妹嬉趕到南巢，並老死在南巢。

成湯戰勝了夏桀，伊尹宣佈了治理天下的政綱，天下諸侯都很賓服，成湯於是登上了天子寶座，開始取代夏朝，一統天下。所以說，成湯才是殷商由一方諸侯成為天下大國的雄主。

六、伊尹晚節

伊尹後來又輔佐了帝湯以下的包括外丙、中壬、太甲和沃丁四代商代君王，甚至還因為帝太甲開始昏庸暴虐，不遵成湯生前制訂好的法規，搞亂德政，於是他便毅然將帝太甲趕到成湯的墓地桐宮去反省，由他自己代理國政並接見諸侯。帝太甲在桐宮住了三年，悔過自責，改造思想，有了進步，於是伊尹又迎回太

注二：事見《國語‧晉語一》。

甲，把政權交還給他，同時諄諄告誡他：天命無常，只有施行德政，才能保住王位；如果不行德政，十有八九要滅亡。老百姓只歸順於有德之君。還告誡他：在選拔官吏時，要任人惟賢；身邊之人必須都是忠良之人。帝太甲重新執政後，學好了，施行德政，諸侯都來歸順，百姓安居樂業。伊尹寫文章褒獎他，稱他為「太宗」。太甲死後，其子沃丁即位。沃丁八年，伊尹逝世，享年一百餘歲。伊尹死時，大霧三日，沃丁以天子之禮來安葬他，親自守喪三年，以報答他對商湯的大恩大德。（注三）

 參考文獻

1. 《史記・殷本紀》

2. 王逸《楚辭章句》

3. 蔣驥《山帶閣注楚辭》

4. 胡文英《屈騷指掌》

5. 《尚書正義》

6. 《列子》

7. 《孟子・萬章上》

8. 《呂氏春秋・本味篇》

注三：《竹書紀年》云：「伊尹放太甲於桐，尹乃自立，暨及位於太甲七年。太甲潛出自桐，殺伊尹，乃立其子伊陟、伊奮，命復其父之田宅而中分之。」此與《史記》、《孟子》等古籍所載迥異。《十三經注疏・尚書正義》駁曰：「必若伊尹放君自立，太甲起而殺之，則伊尹死有餘罪，義當汙宮滅族，太甲何所感德而復立其子還其田宅乎？《紀年》之書，晉太康八年汲郡民發魏安釐王塚得之。蓋當時流俗有此妄說，故其書因記之耳。」

04 武丁憶夢覓賢

清・門應兆繪

說操築於傅巖兮，武丁用而不疑。

《離騷》云：「說操築於傅岩兮，武丁用而不疑。」

　　盤庚遷亳，殷道復興之後，其弟小辛、小乙二朝，殷朝又衰，百姓思變。盤庚姪孫武丁即位之後，積極進取，想要復興殷商，但是身邊沒有得力助手。因為這個原因，他心情不好，三年之內，上朝從不發言，一切政事均由塚宰決定，他借此觀察國風政情。武丁一天夜間作夢，夢見一位陌生的人，上帝對武丁說：「這是我要給你的一個很好的助手，名字叫『說』。」第二天上朝，他根據夢中所見，遍視朝中百官，沒有一個相像的。於是武丁讓畫工根據他的回憶畫出了這個名「說」的夢中人形象，又讓百工到民間原野上廣泛尋找。

　　覓「說」之人來到虞、虢交界一個名叫「傅岩」的山谷中。一條要道經過此處，而澗水常常把這條要道沖垮，因此當地官吏就讓獄中那些犯了輕罪的犯人來此築壩護路。有個名叫「說」的賢人雜在其中，代替個別犯人築壩，得些酬金，混口飯吃。奉命尋「說」之人，看他的長相與畫上的人十分相似，而且他的名字也叫「說」，於是就把他請了回去。武丁一見就說：「就是這個人！」

　　武丁與這個從築壩人隊伍中找回來的人聊了起來。名「說」之人，勸武丁說：天下治亂，關鍵在於吏治，因此要任人惟賢；做事要慮善以動，有備無患；天下之事，言易行難。他還鼓勵武丁學于古訓，以克永世。武丁聽後，十分高興，立即拜他為相，要他朝夕相伴，甚至還說：「國政好像刀劍，我要用你作磨刀石；好像要渡過大河，我就要讓你作舟楫；好像天下大旱，我要用你作甘雨。」

　　武丁任用說相治理國家，政治清明，百姓安樂，殷道復興。「說」是從傅岩請回來的，因此，武丁就給「說」賜姓為「傅」，稱他叫「傅說」。

參考文獻

1. 《史記・殷本紀》

2. 《尚書・說命》上中下

05 帝辛先成後亡

明・蕭雲從繪

梅伯受醢，箕子佯狂。

《天問》云：「彼王紂之躬，孰使亂惑？何惡輔弼，讒諂是服？比干何逆，而抑沉之？雷開何順，而賜封之？何聖人之一德，卒其異方？梅伯受醢，箕子佯狂。……伯昌號衰，秉鞭作牧；何令徹彼岐社，命有殷國？遷藏就岐何能依？殷有惑婦何所譏？受賜茲醢，西伯上告。何親就上帝罰，殷之命以不救？武發殺殷何所悒？載屍集戰何所急？……皇天集命，惟何戒之？受禮天下，又使至代之？」

《離騷》云：「何桀紂之猖披兮，夫唯捷徑以窘步。」

一、前期之功

商代最後一位君主名「辛」，因為他後來「殘義損善」，故死後諡名叫「紂」，史書上一直稱他為「紂王」。這是一個有爭議的歷史人物。

帝辛其人，據說相貌堂堂，天資聰明，而且筋力超勁，百人難敵，曾倒拖九牛，托樑換柱。只是他生不逢時，命運多舛。歷史發展到帝辛之時，商王朝早已千瘡百孔，行將滅亡。然而帝辛即位後，銳意革新，有意力挽狂瀾。他的革新措施，大致有以下幾條：一是不再屠殺奴隸和俘虜，或是讓他們參加生產勞動，創造社會財富；或是讓他們繼續參軍作戰，補充兵源。二是蔑視陳規陋俗，不再祭祀鬼神。三是選賢任能，唯才是用。由於帝辛堅持改革，重視農桑，幾年之後，國力大盛。接著，他重整武備，用兵東夷，打退了東方部落向中原地區的擴張，把商朝勢力擴展到了今天的魯、皖、蘇、浙，直至福建沿海，為中華民族的形成立下了巨勳。

但是，當年周武王伐商之前，為了師出有名，他發佈了《泰誓》和《牧誓》這兩篇檄文，聲討帝辛，謂其「弗敬上天，降災下民，沈湎冒色，敢行暴虐」，等等，總之是將帝辛描述成一位殘義損善的暴君。民俗有云：「成者王侯敗者賊。」姬家王朝實際統治有五百多年樣子（至春秋末年），這兩篇檄文就成了為帝辛定罪的「欽命」式文獻。其後，戰國、兩漢和魏晉，又有一些人不斷演義和醜化，一代英主也就成了歷史上的暴君典型，並且將他的名字改為了「紂王」。

當然，帝辛最後滅亡，客觀上是苛政虐民，民間怨聲載道，且連年用兵東夷，國力衰竭，被西方的周國鑽了空子；主觀上是勝利沖昏頭腦，窮奢極欲，剛愎自用，殘刑峻法，拒納諫言。

屈原受當時環境和自小教育的影響，所以在作品中只是對帝辛作了負面的敘寫。

二、窮奢極欲

前期的成功，特別是擊敗東夷、疆土大拓的勝利，沖昏了帝辛的頭腦，致使他自認為聰明絕頂，大臣中再有本事的人也只能在他之下，所以覺得可以拒納諫言，文過飾非。另外，帝辛喜歡酗酒，特別寵倖女人，尤其對於寵妃妲己，更是唯命是從。他讓師涓創作新的靡靡之音和性感之舞，以討得妲己的歡心。

為了滿足自己的私欲，他通過增加賦稅搜刮民脂民膏，以此增加修築鹿臺的資金，充實鉅橋倉庫中的存糧。他更喜歡蒐羅名狗良馬和各種珍奇寶物，以充益自己的宮室。據《呂氏春秋》、《史記》等古籍記載，帝辛還修建離宮沙丘，擴大苑林，增設樓臺，捕了許多野獸禽鳥豢養在其中。更荒唐的是，他竟然在沙丘宮中灌酒為池，懸肉為林，讓許多男男女女在酒池肉林中裸體追逐玩耍，徹夜尋歡作樂。

三、殘刑峻法

殘酷的剝削，使得百姓怨聲載道，有些諸侯也開始叛變。為了壓制百姓的憤怒和諸侯的反叛，帝辛就加重刑罰。開始，他讓人造了一些熨斗，用火燒紅，然後逼著那些有反叛之意的諸侯去舉；凡去觸碰燒紅熨斗的人，雙手都被燒爛，痛不堪言。但是妲己還嫌這種刑罰太輕，於是帝辛便又讓人發明炮烙之刑，即在銅柱上塗滿了油，下邊放著燒紅的火炭盆，然後逼著他要懲罰的人沿著銅柱往上爬，銅柱太滑，爬柱的人必然會滑入柱下燒得正旺的火炭盆中，頃刻間被燒成灰燼。帝辛和妲己在一旁看了還哈哈大笑。他讓姬昌、九侯和鄂侯三人擔任「三公」之職。九侯有個很美麗的女兒，為了討好，就將女兒獻給了帝辛。誰知九侯的女兒比較正統，不喜歡帝辛那種尋歡作樂的方法，帝辛很生氣，就殺死了她，還將九侯剁成肉醬。鄂侯這個人，爭強好勝，疾惡如仇，帝辛就也處死了他，還將他做成肉乾。姬昌聽到這些事情，私下裡唉聲歎氣。佞臣崇侯虎獲知這個資訊，就悄悄地告給帝辛，帝辛立即將姬昌關進監獄。

四、放虎歸山

姬昌的親信閎夭等人找來有莘國的美女、驪戎的駿馬和其他一些奇珍異寶，一併獻給帝辛。帝辛說：「只要其中一個寶物就足夠釋放姬昌了。」於是他把姬昌從牢裡放了出來。姬昌出獄後還獻出洛水西邊的領地，以此請求廢除炮烙之

刑。得到了那麼多好處，帝辛便答應了姬昌的請求，還賜給他弓箭斧鉞，相當於後代帝王所賜的「尚方寶劍」，允許他可以隨意征伐，還正式封他為「西伯」。姬昌回到自己的封邑之後，韜光養晦，積善行德，諸侯紛紛背叛帝辛而歸順西伯。西伯的勢力越來越大，帝辛因此漸漸失起了權威。

五、投火自盡

面對嚴峻的政治局面，帝辛依然荒淫無道，無以復加。大臣微子屢次勸諫而帝辛不聽，於是與大師、少師商量一起離開。王子比干說：「作為一個大臣，不能不以死相爭。」就語氣強硬地再次勸諫，紂王根本不聽，憤怒地說：「我聽說聖人的心臟上有七個洞。」於是殺死比干，還剖開他胸膛，挖出他的心臟來看。梅伯，是個忠良耿直之臣，也因多次諫言，被帝辛殺害並剁成肉醬。大臣箕子本是紂王的親戚，屢勸不聽後，有人勸他：「可以離開了。」而箕子說：「作為人臣，因諫不聽而離開，這是要彰顯君主的惡行，而自己能取悅於百姓。我不能幹這個事。」於是他只好披頭散髮，或假裝瘋子，或扮作奴才，平時閉門不出，彈琴自悲。帝辛聽說後就把他關了起來。殷商的大師、少師看到帝辛如此無道，便拿著天子的祭器和樂器，一起逃往周國。民心喪失殆盡，商朝滅亡在即。

西伯這時同其他諸侯一樣十分憤怒，開始積極謀劃推翻帝辛苛政之事，但他很謹慎，生前一直未有發動這件大事。西伯死後，他的兒子姬發即位後，在盟津大會八百諸侯，在牧野與帝辛的軍隊決一死戰。儘管當時帝辛的部隊數量很多，據說有幾十萬，遠遠超過西方盟軍，但他的部隊中大多數是東夷的俘虜，此時這些俘虜臨陣倒戈，形勢逆轉。最後，帝辛兵敗逃回，投火自盡，商朝滅亡。

從商湯滅夏到帝辛自焚，有商經歷二十九個王朝，前後總共四百九十六年。

參考文獻

1.《尚書·牧泰誓》、《尚書·牧誓》

2.《竹書紀年》商紀

3.郭沫若《駁說儒》

4.顧頡剛《紂惡七十事的發生次第》

5.《毛澤東讀書筆記解析》

06 夷齊跪吸鹿乳

《橘頌》云：「行比伯夷，置以為像兮。」

《悲回風》云：「求介子之所存兮，見伯夷之放跡。」

《天問》云：「驚女采薇鹿何佑？北至回水萃何喜？」

伯夷、叔齊本是殷商時孤竹國君主的兒子。孤竹國，是殷湯時所封的一個諸侯國。夷、齊的父親，姓墨胎，名初，字子朝。伯夷，名允，字公信；叔齊，名致，字公達。夷、齊是他們的諡號；伯、仲是老大老二的意思。

他們的父親本來要想立叔齊為國君，但等到父親死後，叔齊要把君位讓給伯夷。伯夷說：「父親的命令，咱們不能違背！」於是就逃離遠去。叔齊也不肯即位，因此也逃離遠去。國人沒辦法，只好立先王其他的兒子為國君。

伯夷、叔齊在流亡過程中相遇了。兩人聽說西伯姬昌施行仁政，能夠養老，就說：「何不前往投奔西伯呢？」但是等到了周地，正好碰到西伯已死，武王在戰車上裝著文王的牌位，向東去討伐紂王。伯夷、叔齊跪在武王的馬前，強諫道：「父親死了您不去安葬，反倒大動干戈，這能叫孝順嗎？以臣子的身份去殺君主，這能叫仁義嗎？」左右衛兵想要殺他倆，但姜太公說：「這兩位是仁義之人。」於是左右衛兵就把伯夷、叔齊硬拉走了。

後來，武王推翻殷商，殺掉紂王，統一天下。伯夷、叔齊感到羞恥，自認為要堅持原則，不吃周朝的糧食，隱居於首陽山上，只採集野菜充饑。有一天，他們正在採野菜，一個女子過來笑著對他們說：「你們不是堅持原則，不吃周朝的糧食嗎？但這野菜不也是周朝的嗎？你們怎麼就吃了呢？」說者也許無意，但聽者有意。這番話很直接，但說出了事實真相，因此使伯夷、叔齊兄弟倆十分尷尬，不能再掩耳盜鈴，只好連野菜也不吃了。想像一下那幅可笑的情景吧：首陽山坡上，一對老者，白髮蒼蒼，面黃肌瘦，奄奄一息。頭頂上，藍天白雲，晴空萬里；身邊，綠草茵茵，鮮花朵朵。他們完全可以隨手採摘這些野草野果充饑，但是，他倆覺得這是周朝的天下，周圍的一切都是周朝的，

他們作為商朝遺民，怎麼能吃周朝的東西呢？餓了七天，兄弟倆快要餓死時，一隻白色母鹿跑了過來，偎在他倆身旁，乳頭正巧出現在他倆嘴邊，兄弟倆餓極了，不管三七二十一，湊上去便大口大口地吸吮了起來。這個鏡頭更可笑：兩個白髮蒼蒼的老頭，跪伏在一隻白色母鹿身下，用力含著母鹿的乳頭，貪婪地吸吮著，時時有幾些白色的乳汁從他倆的嘴邊流淌下來，彷彿兩個嬰兒依偎在母親的懷抱中一樣。乳汁滋養了他倆，使他倆暫時又活了下來，可是如果他倆仔細想一下，周朝的糧食不能吃，周朝的野菜不能吃，而這白鹿不也是周朝土地上的動物嗎？他倆不但沒有意識到這點上，反倒認為鹿奶好喝，鹿肉也一定好吃，於是產生了一個不好的念頭，想殺死白鹿再吃牠的肉。可是，好像白鹿知道他倆這個想法似的，以後再也沒有出現過，於是這兄弟倆最後只有死路一條了。臨終前，他倆哼了一首歌，歌詞是：

> 登彼西山兮，采其薇矣。
>
> 以暴易暴兮，不知其非矣。
>
> 神農虞夏忽焉沒兮，我安適歸矣？
>
> 於嗟徂兮，命之衰矣！

伯夷、叔齊最後餓死在首陽山。

參考文獻

《史記·伯夷列傳》

07 彭祖長壽有術

《天問》云：「彭鏗斟雉帝何饗？受壽永多夫何久長？」

彭祖，姓籛，名鏗，據說是帝顓頊的玄孫。他善於保養身體，很會烹調，曾給帝堯進過一盆野雞羹，得到帝堯的賞識，把他封在彭城，又因為他的烹調技藝可以世代流傳，所以人們稱他為「彭祖」。

彭祖曾在帝堯時做過官，後來在商殷時又做過官，這麼一算，他的壽命長達七百六十多年，所以他在歷史上以長壽聞名。

彭祖長年隱居在雲母山，平時活動，吹呴呼吸，吐故納新，像熊一樣地來回搖動，像鳥一樣地不斷伸脖子，像野鴨一樣地游水，像猿猴一樣跳躍，像鷂鷹一樣地遠眺，像老虎一樣地顧盼。常常吃桂花、芝草，曾先後娶過幾十個女子。

殷末時，紂王忌妒他長壽有術。為避禍，他獨自前往西方流沙之地，再也沒有回來，不知他最後究竟怎麼樣。

 參考文獻

1. 《史記・五帝本紀》
2. 《莊子・逍遙遊》注
3. 《淮南子・精神訓》
4. 《列仙傳》
5. 干寶《搜神記》

08 申徒負石投水

望大河之洲渚兮，悲申徒之抗跡。

《悲回風》云：「望大河之洲渚兮，悲申徒之抗跡。」

申徒狄看不慣當時的社會風氣，將要去投河自殺。崔嘉聽說後，前去阻止，說：「我聽說聖人仁士立於天地之間，是老百姓的父母，現在因為怕腳被沾濕的緣故，不去拯救將要淹死的人，可以嗎？」申徒狄說：「不對。從前，夏桀殺掉關龍逢，商紂殺掉王子比干，這兩個人因此丟了天下。吳國殺掉伍子胥，陳靈公殺掉泄治，這兩個國家因此被消滅。所以，一個國家的滅亡，並不是因為沒有品德高尚和足智多謀之人，而是不用他們的緣故。」說完，他就身背石頭跳進了河中。（注）

注：關於申徒狄其人，史籍所載，互相矛盾。《莊子‧大宗師》釋文云：「申徒狄，殷時人，負石自波於河。」王逸《楚辭章句》引《淮南子》註云：「申徒狄，殷末人也。不忍見紂亂，自沈於淵。」而《御覽》卷八百零二珍寶部引《墨子》語云：「周公見申徒狄曰：『賤人強氣則罰至。』申徒狄曰：『周之靈珪出於土，楚之明月出蚌蜃。』」據《莊子》等古籍所載，申徒狄已在商湯時就已經跳河自殺，怎麼還能與周公相見呢？劉向《新序‧節士篇》引《韓詩外傳》所載申徒狄語云「吳殺子胥、陳殺泄治」，皆春秋時人事。此與上面幾種說法又大相庭徑。眾說紛紜，謹錄以備考。

丙卷　西周掌故

０１　后稷大難不死

《天問》云：「稷維元子，帝何竺之？投之於冰上，鳥何燠之？何憑弓挾矢，殊能將之？既驚帝切激，何逢長之？」

周始祖后稷，原名棄。他的母親是有邰氏的女子，名叫「姜原」。姜原為帝嚳元妃。有一天，姜原到野外去遊覽，看見有一個巨人的腳印，心裡很高興，想上去踩一下。她踩一下之後感到身中有震動，彷彿懷孕了一般。十月懷胎，到時候竟果然生下了一個兒子。她以為這個孩子不吉祥，就把他丟棄在狹隘的小巷中，她以為牛馬羊群路過這裡，肯定會踩死他，誰知大批牛馬羊群經過這裡，竟然都愛護他，躲避不踩他。姜原看這一招不行，就把他扔到山上的樹林中，因為山林中野獸很多，野獸會吃掉小孩的，誰知正好碰上許多人來山林中砍柴，他們見到這個小孩還想收留他。這一招也不行，姜原就又把這個小孩子扔到河中的冰灘上，她以為這個小孩會被凍死的，誰知一隻大鳥飛來，用它的一個翅膀墊在小孩子身下，一個翅膀覆蓋在他身上，就這樣溫暖他，保護他。過了一段時間，大鳥飛走了，小孩子呱呱哭叫起來。姜原以為這件事太神奇，就收養了這個小孩子。因為開始曾經想丟棄他，所以就給他取名叫「棄」。

棄能在地上爬著走時，哭聲十分響亮，滿路上的人都能聽見。奇怪的是，這個小孩子對植物的識別能力很強，能找到可以放在嘴裡吃的食物。年紀再大一點，他平時遊戲玩耍時，喜歡種植胡麻、豆子、瓜果之類，而且這些胡麻、豆子長得還都很茂盛，種的瓜秧上還果實纍纍。成年之後，他愛好農耕，特別善於識別土壤的質地，知道哪些地方適宜種植穀子，哪些地方適宜種植高粱。他指導農民們除去雜草，種植穀物。春天，莊稼長得十分茂盛；夏末秋初，穀穗長得又多又堅實。農民們模仿他，以他為老師，一到秋天就收穫豐盛。

帝堯聽到這個消息後，就推舉他為農官，掌管天下農業，天下的百姓都得到了好處。帝舜表揚說：「棄，黎民百姓開始挨餓，是你指導大家播種各種穀物，讓大家吃飽了。功勞很大啊！」於是就封他在邰地，名號就叫「后稷」，並賜姓曰「姬」。

《詩經·大雅·生民》

02 伯仲讓位流亡

明・蕭雲從繪

南嶽兩男子

《天問》云：「吳獲迄古，南嶽是止。孰期去斯，得兩男子？」

后稷的第十三代孫，名叫古公亶父。古公亶父繼承了先祖后稷和公劉的事業，積德行義，老百姓都很愛戴他。

古公亶父有三個兒子，長子名叫太伯，次子名叫仲雍，又名吳仲，小兒子開始名叫昌。古公亶父的妃子叫太姜。太姜長得很漂亮，而且性格忠貞溫順，相夫教子，把三個孩子撫養成人，從無過失。古公亶父商量大事時，總要徵求太姜的意見，當年古公亶父率領民眾離開幽地，越過漆、沮，翻過梁山，前往岐下，歷盡千辛萬苦重新闢地創業時，太姜一路跟隨，從無怨言。姬昌娶摯任氏之女太任為妻。太任的性格，端莊誠信，品行很好，眼不看奇豔的色彩，耳不聽淫蕩的音樂，嘴不說傲慢的話語，十分重視胎教。文王誕生時，出現過一種吉祥之兆：九月甲子這天，一隻紅雀口銜一卷丹書，飛入產房，停在窗戶邊上。丹書上寫道：「遇事不堅強就會彎腰屈膝，對人不尊敬就會歪邪不正。彎腰屈膝會立刻滅亡，尊重他人會流傳萬代。憑藉仁義得到的，要靠仁義守護，才能傳之百代。以不仁義得到的，依靠仁義守護，能夠傳之十代。以不仁義得到的，再用不仁義守護，不會堅持到這一代的最後。」看到這個吉兆後，古公亶父就說：「能使我周家王業興旺者，大概就在姬昌身上吧。」於是就將他的名字改叫「季歷」。太伯和仲雍都是聰明人，聽了父親的口風，就知道父親的心意是將來要把三弟立為接班人，於是就說：「三弟季歷，是個合適人選。」一天，古公病了，太伯和仲雍弟兄倆藉口為父親採藥而前往衡山，趁機跑到今天蘇州北五十里左右的梅里村一帶，剪斷頭髮，遍體紋身，穿上邊疆民族的衣服，表示自己不可重用，意思是讓父親將來把國家交給三弟季歷。

古公病重時，太伯和仲雍回家探病。古公臨終時曾命季歷將國家交給太伯，太伯三次拒絕，不願接受。喪事完畢，馬上返回蘇州。當地百姓推舉他為國君，願意為他做事。太伯就自號為「勾吳」。「勾」，是吳地方言中的一個語氣詞，所以「勾吳」實際就是「吳」。當地的人們問他為什麼要用這個國號，太伯回答說：「我以長兄的身份擔任這個國君的職位，但我沒有後代，將來應當有此封號的，會是二弟吳仲，所以我取國號為『勾吳』。這難道不對嗎？」蘇州的百姓認

為他很講義氣，願意跟隨他並接受他領導的有一千餘戶人家，從而創建了勾吳這個國家。幾年之間，人民家家非常富裕。當時正處殷商末年，中原各國諸侯互相打仗，十分激烈。太伯怕殃及吳地百姓，就開始修築城牆。中城周圍三里又二百步，外城周長三百餘里，人民都在其中耕田生活。

　　太伯死後，沒有子嗣，仲雍接位。武王克商之後，派人找尋太伯和仲雍的後代。找到了仲雍的曾孫周章，當時還是吳國的國君，於是就封他為吳國的諸侯，追封太伯為「吳伯」。

參考文獻

　　1.《史記・周本紀》
　　2.《吳越春秋》卷一

03 呂望屠牛得遇

明・蕭雲從繪

師望鼓刀。

《天問》云：「師望在肆昌何識？鼓刀揚聲後何喜？」

《離騷》云：「呂望之鼓刀兮，遭周文而得舉。」

在周朝崛起的歷史上，功勞最大的當數呂望。呂望本名呂尚，俗名姜子牙。清人錢澄之說得對：「文王臣服於殷，本無滅殷之志，而滅之者，呂望也。」

一、垂釣渭濱

呂望原為東海邊上之人，本姓姜，從其封姓，故曰呂尚。太公學問淵博，也曾作過商紂之官，因為感到商紂無道，所以就辭去官職。再加家庭矛盾加劇，被迫離家出走。他在孟津渡口開過飯店賣過酒漿，也在朝歌城中當過屠夫賣過牛肉。在朝歌城賣肉閒暇之時，七十歲的呂尚還常到渭河的支流茲泉邊上去釣魚。那個地方是在一個山谷之中，人稱「凡穀」。河水兩邊，石壁陡峭高聳，竹林幽深濃密，交通不便，人跡罕至。有一次，呂尚在茲泉邊上釣了三天三夜仍無魚來上鉤。呂尚生氣了，就脫下帽子和衣服。有個農民正好從河邊經過，見此情景就勸他說：「你再釣時，必須用更細的魚線，更香的魚餌，慢慢地投入水中，不要讓魚驚怕。」呂尚聽了他的話，開始釣到了鮒魚，後來又釣到了鯉魚。

二、得遇文王

這個時期，西伯姬昌也在朝歌城。一天，西伯要去打獵，臨行前算了一卦，算命的人說：「你這次打獵，獵物不是龍不是螭，也不是虎不是熊，您獲得的是一位霸王之輔。」西伯打獵時，果然遇見了呂尚。與呂尚交談時，知道他原是一位屠夫。談到屠夫這個行當時，呂尚說：「我這個屠夫，下屠屠牛，上屠屠國。」西伯聽了之後，十分高興，說：「我家先祖太公說過：『會有聖人到周國來，周國因此會興旺起來。』您真是這個人嗎？我的祖父盼望您時間很長了。」所以稱他為「太公望」，並與他一起回去，並拜他為師。

三、輔周崛起

西伯被商紂關押在羑里時，呂望與散宜生和閎夭等人一起商量營救之策，並到處物色美女和奇珍異寶，獻給商紂，最終贖出了西伯。西伯出獄回到周國之後，與呂望一起商量，搞好德政，暗中積聚力量，最終推翻商朝。呂望這個時期

給西伯所出的計策，大多與壯大軍事力量和奇特的計策有關。由於有了呂望的輔助，周國政治清明平穩，然後接連打下崇國、密須和犬夷，並擴建了豐邑。周朝實力越來越強，天下三分，二分已歸周國。在這逐步壯大的過程中，呂望給西伯出的謀略和計策最多。

四、受封齊國

　　文王駕崩，武王即位之後，呂望又輔助武王推翻殷商，統一了天下。武王封呂望於齊地營丘。呂望到齊國之後，修明政治，適應當地風俗，簡化各種禮節，發展商業和工業，特別是發揮齊國濱海捕魚產鹽的長處，使人民生活逐漸富裕起來，各處人民大多奔往齊國。周成王剛剛即位時，管蔡作亂，淮夷叛周，成王就讓召公傳命姜太公，說：「東至大海，西至黃河，南至穆陵，北至無隸，五侯九伯，誰敢作亂，您都可以征伐。」姜太公趁機征伐各國，齊也就逐漸成為當時一個強大的諸侯國。

　　呂望活了一百餘歲。

　　1.《史記‧齊太公世家》

　　2.《史記‧周本紀》

04 武王暴力伐紂

明·蕭雲從繪

會鼉爭盟，蒼鳥群飛。

　　《天問》云：「會朝爭盟，何踐吾期？蒼鳥群飛，孰使萃之？列擊紂躬，叔旦不嘉；何親揆發，定周之命以諮嗟？授殷天下，其位安施？反成乃亡，其罪伊何？爭遣伐器，何以行之？並驅擊翼，何以將之？」

　　文王（即西伯姬昌）以德服眾，成為當時華夏事實上的雄主，僅僅九年就逝世了，享年九十七歲。他的兒子姬發即位，他就是歷史上赫赫有名的周武王，時年八十三歲。

　　武王即位後，封姜太公呂望為軍師，又封周公、召公和畢公等人為主要輔臣，立誓要完成父親文王的遺業。

一、閱兵東方

　　文王喪事已畢，武王在父親墓地祭祀結束之後，即到東方閱兵，來到盟津。他把西伯的牌位放在車中，置於中軍，自稱「太子發」，是奉文王之命討伐無道，而不敢自作主張。他對各路諸侯說：「人確實要常有敬畏之心！我不聰明，只知繼承先人遺志，確立賞罰條款，將來好認定各人的功勞。」於是帶兵前行。軍師姜太公發佈命令說：「各位將軍，划動你們的船槳，立即渡河，後到者斬！」武王渡河，船到中流，有一條白魚跳進他的船中。武王彎腰拾起用以祭旗。渡河之後，有一個火星從天上墜落地面，飛到武王住處附近變為一隻鳥，羽毛呈紅色，聲音很淡定。這些自然界的怪異景象引起武王的疑慮。這時，沒有人通知，但趕到盟津會師的有八百多諸侯，眾人都說：「快去討伐商紂！」但武王審時度勢之後說：「你們不知天命，暫時還不行啊。」於是帶領部隊返回原地。武王的這一部署，一定程度上迷惑了殷紂，以為武王和他的盟軍不敢真的前來討伐他。

二、會師盟津

　　兩年之後，聽到商紂昏亂暴虐越來越厲害，殺死比干，關押箕子，太師疵、少師疆抱著天子用的樂器跑到周國。時機成熟了，於是武王發出討紂檄文，歷訴商紂罪惡：「現在，商王不敬上天，降災下民，沈湎酒色，肆行暴虐，罪人以族，任人唯親，大興土木，殘害百姓，焚炙忠良，剔剔孕婦，罪行滔天，惡貫滿盈。皇天震怒，命我父王，肅將天威，討伐商紂。可惜我父王大功未成，因病駕

崩。姬發受命，夙夜難眠；誓與諸侯，替天行罰！永清四海，機不可失！」於是，率領三百輛戰車、猛將三千人，帶甲士兵四萬五千人，向東討伐商紂王。這年十二月，部隊全部渡過盟津，諸侯全部如期前來會師，都說：「我們一定努力作戰，決不懈怠！」武王鼓勵各路諸侯：「各位將軍，我們要一鼓作氣，決不能有第二次或第三次的僥倖心理！」

聯軍在渡黃河時，暴雨驟至，雷聲大作，天色頓時陰暗，河中波浪滔滔，眾軍開始有點害怕。武王站立船頭，大聲喝道：「有我在，天下誰敢干涉我？」狂風巨浪立刻消失，眾軍十分驚喜，更對武王充滿了敬仰之情。

三、決戰牧野

翌年二月甲子日，天剛濛濛亮，武王早早地帶兵來到商都朝歌城郊外一個叫牧野的地方，他左手杖著黃鉞，右手拿著白旄，對著各路諸侯的軍隊大聲說：「辛苦了，西方來的將士們！無論是諸侯君主，還是各級將士，以及各邊疆民族的勇士們，拿起你們的武器，準備戰鬥！」這時，前來會師的各諸侯共有兵車四千輛，一起在牧野擺開陣式。

殷紂王聽到武王帶兵前來，立即發兵七十萬人前來迎戰。武王派軍師姜太公帶領一百名敢死隊員充當先鋒，然後親自率領有三百五十輛戰車、三千員猛將以及二萬六千二百五十名戰士的大部隊殺向殷紂王的軍隊。殷紂王的軍隊人數雖多，但大多是紂王征伐東夷時抓來的俘虜，他們皆無戰鬥之心，反倒希望武王快點打來，所以不少殷軍反戈一擊，搶著為武王開道。武王趁勝直前。殷軍大敗，背叛紂王。殷紂逃跑，回到鹿臺之上，穿上飾有天智玉的衣服，投火自殺。

武王高擎大旗，指揮諸侯戰鬥。戰鬥結束，諸侯們都來拜賀武王，武王則向諸侯們作揖致謝。諸侯們全部跟著武王進入朝歌城。商國的老百姓都在郊外列隊迎接。武王於是派大臣們告訴商國百姓說：「上天會給你們吉祥的！」商朝百姓都跪倒拜謝，武王也以禮答謝。然後，武王率領眾人進入殷紂自殺的地方。見到殷紂的遺體後，武王親自射了三箭，然後下車用劍連刺幾劍，鮮血沾上了他的雙手，再用黃鉞大斧砍下紂王的頭顱，懸掛到大白旗的頂端。接著他們又進入紂王的內宮，他的二位愛妾已經上吊自殺。武王又連射三箭，再用劍刺，然後用玄鉞

之斧砍下她們的頭顱，懸掛到小白旗的頂端。周公旦對武王的這些舉動很不以為然，連連歎息。

四、克商善後

　　勝利之後，武王祭告天地已畢，為了安撫商朝遺民，就讓殷紂的兒子祿父繼續管理殷之遺民。因為不放心，他就讓自己的弟弟管叔鮮和蔡叔度一起幫助祿父治理殷國。他又親讓召公去釋放箕子，讓畢公把監獄中關押的無辜百姓也全部放了出來，並恢復商家禮樂官的職務。他還覺得天下未穩，心有疑慮，就讓周公旦找來殷商遺老，問殷商遺民還有什麼要求。周公廣泛聽取意見後對武王說，要使天下安定，就應讓百姓居有處所，耕有田地。武王接納了周公的建議，特地讓自己的親信大臣南宮括把殷紂收藏在鹿臺中的錢財和保存在鉅橋倉庫中的糧食全部拿出來賑濟貧困或弱小的下層人民。他又讓南宮括和史佚找到象徵天子權力的九個大鼎及殷紂生前從各地搜刮來的奇珍異寶。然後罷兵西歸，分封諸侯，頒賜獎勵。

　　武王克商僅兩年後即病倒，又四年後病逝，享年九十三歲，但他畢竟開創了有周一代王朝。

　　1.《尚書・泰誓》

　　2.《史記・殷本紀》

　　3.干寶《搜神記》

05 昭王淹死漢江

昭王南征，逢彼白雉？

《天問》云：「昭後成游，南土爰底；厥利惟何，逢彼白雉？」

周武王之後，成王、康王兩代由於延續了文王武王的政策，所以天下還比較安定。到了第五代昭王時代，情況就有了變化。周昭王名姬瑕，是周康王之子。昭王未能延續祖上的德政，天下變得不那麼安定了。

周昭王十九年，因為南方特產豐富，奇珍異寶很多，特別是聽說南方出產一種白色的野雞，非常好看，昭王就親自帶兵前往，後世所謂「御駕親征」，妄圖一舉蕩平荊楚一帶，將那裡的奇珍異寶掠為己有。昭王的這次南征，儘管正史上因「諱之」而未有詳細記載，但今天通過各種資料反復對比，可以依稀看到，那是一場十分激烈殘酷的侵略與反侵略的戰爭。

昭王帶領六軍共七萬五千人進攻楚國。隨行的還有鄭武公、祭公和辛余靡等文武官員。其中辛余靡為武將，身材高大，臂長有力，平時就站在昭公戰車的右側擔任警衛。昭王這次南征，經由唐（今湖北隨州西北）、厲（今湖北隨州北）、曾（今湖北隨州）、夔（今湖北秭歸東），橫掃整個江漢地區，大獲財寶，鑄器銘功。昭王的行動氣壞了楚國人，所以在昭王侵楚返回將到漢水的途中，楚王秘密派人佈置，讓漢水邊上的人們製做一些用膠水沾成的船艦，到時候給昭王他們乘坐。同時還派了一支部隊埋伏在漢水邊上，準備掩殺僥倖活著的周軍。

昭王傻乎乎地帶領部隊乘上了這些用膠水沾起來的船艦。船到江水中央，那些用膠水沾成的船板因水泡而溶解、裂開，昭王、鄭公、祭公、辛余靡以及凡是乘船的將士們全都掉入江中。可以想見當時的情景：江水滔滔，風急浪高，轉眼之間，原本豪華精美的船艦一下分解開來，船上的人們眨眼之間掉入滔滔江水之中，哭爹喊娘，十分淒慘。昭王雖貴為天子，但事發突然，此時人們自顧不暇，誰還能立刻過來救他？昭王很快便和祭公等人一起掉入水中淹死了。辛余靡會游泳，活了下來，立即去救昭王，但最後找到的只能是昭王的遺體。他托住昭王遺體，盡力遊到北岸放下，又返回去找到了祭公等王公大臣，但找到的也都只是遺體。

當時由於楚國的伏兵騷擾，情況十分險惡，昭王遺體未能及時入殮，故僅草草裹屍倉促北逃，到了一個名叫「須導村」的地方，才得以給昭王入殮。但由於楚軍追迫太緊，無法久留，又往北退到了雲夢城附近，才能正式進行殯喪儀式，

成禮而行。《水經注》根據民間耆舊之人的傳說，記載了漢江由北往南一路上的幾個名稱：「左桑」（佐喪）—「大殯口」—「死沔」等，並介紹了各處與昭王溺死的關係。漢江是從西北朝東南方向流下來的，所以酈道元曾懷疑道：「王屍豈逆流乎？但千古芒昧，難以昭知，推其事類，似是而非矣。」酈道元是從平常情況下推測此事，自是芒昧難知，但若放在戰爭環境下來考察，此事就不難理解了。而且恰恰正是此違背常理之記載，折射出了昭王南征失敗那場戰爭是多麼激烈和殘酷的歷史原貌。

辛余靡搶救昭王遺體有功，所以回到朝廷後得到嘉獎，被封為「長公」，邑於「西翟」。但是，昭王御駕親征，遭到如此大敗，周朝人忌諱此事，未有向天下人公佈，史書記載也十分簡略隱晦。（注）

參考文獻

1.《左傳》僖公四年

2.《呂氏春秋・音初》

3.《史記・周本紀》

4.《史記》注引《帝王世紀》

5.王逸《楚辭章句》

6.蔣驥、徐文靖二書引《竹書紀年》

7.酈道元《水經注》卷二十八「沔水中」

注：《初學記》卷七地部下引《竹書紀年》所載曰：「周昭王十六年，伐楚荊，涉漢，遇大兕。」此段記載為後世一些學者所接受，但本書以《左傳》、《呂氏春秋》、《史記》和《水經注》等更多的古籍為準，棄「大兕」說，而採「膠船」說。

06 穆王周流天下

明・蕭雲從繪

穆王周流，環理天下。

《天問》云：「穆王巧梅，夫何周流？環理天下，夫何索求？」

周昭王南征不返死於江上，其子姬滿即位，是為周穆王。姬滿當時已經五十歲了。由於昭王失德，周王朝的權威日益喪失，穆王對此頗為擔憂，就任命伯冏擔任太僕之長，協調國內政策，天下稍為恢復安寧。

不過，周穆王本質上還是紈綺子弟，喜歡奇珍異寶。他聽說西方犬戎國有白狼白鹿等奇獸，就要發動侵略戰爭。祭公謀父百般勸諫，要他「以文修之」，「勤恤民隱」，「懷德畏遠」，「保世滋大」；並說如果發動戰爭，「無乃廢先王之訓」，後果將相當嚴重。周穆王沒有聽取祭公謀父的勸諫，還是向西方發動了戰爭，雖然得到了四隻白狼和四隻白鹿，但從此邊遠地區的國家再也不與周王朝來往，中原各諸侯國也再不來朝覲。

在此背景下，周穆王改變以往強硬的語氣，不再說打仗的事情，而是說要親自前往各諸侯國，勸服他們，讓他們來歸順。實際上，他是要周遊天下，以滿足自己獵奇的心理。他準備了一些良馬好車，讓當時最好的車夫造父為他駕著八匹駿馬拉著的馬車，開始了漫長的周遊天下的「壯舉」。北方，曾渡過漳水，並沿著滹沱河，到過雁門關，遊覽過著名的「軒轅之宮」，還曾越過所謂的「流沙」之地。西方，到達崑崙山上，神話《穆天子傳》中寫他與西王母娘娘見面，在瑤池之上飲酒，還互相賦詩應答，著名的如，西王母娘娘唱道：「白雲在天，丘陵自出。道里悠悠，山川間之。將子無死，尚復能來。」穆天子答曰：「予歸東土，和治諸夏，萬民平均，吾顧見女。比及三年，將復而野。」東方，他曾到達今天江浙一帶，登上鍾山之巔。南方，到達過長沙附近。總之，「萬里長鶩，以周歷四荒名山大川，靡不登濟」，「窮觀極娛」；同時「取其嘉木、豔草、奇鳥、怪獸、玉石、珍瑰之器、金膏、燭銀之寶，歸而殖養之於中國」。由於長年在外，「窮觀極娛」，不理朝政，天下自然動盪不寧。特別是徐偃王作亂，震動更大，周穆王得到奏報，不得不停止周遊，「一日千里」地從域外趕回鎬京，處理動亂之事。

徐國地處江東，本來只是一個不大的諸侯國，國君只能稱「君」；但由於偃王治國有方，素以仁義聞名於世，因此徐國五穀豐登，人民安居樂業，國力不斷

增強，來朝貢者日益增多，統治的範圍也越來越大。據《韓非子》等史料記載，當時各地來朝者「三十有六國」，「地方五百里」，範圍涉及到今天淮河、泗水流域的蘇、魯、豫、皖的部分地區。於是，他趁周穆王周遊天下無暇顧及國政的背景下，公然「僭越」稱「王」；本來，周天子的王城規定是方圓九里，而徐偃王將自己的王城擴大到方圓十二里，總之，他公然向周天子發動挑釁。徐國的崛起，也引起了鄰國楚國的不安。楚國君臣暗暗地商議，趁現在徐國的國力暫時還不如楚國，就趕緊討伐和消滅他。周穆王回到鎬京之後，聽從了謀士們的建議，聯合此時與自己動機相同的楚國，趁徐偃王不備之機，大舉進攻。徐偃王愚仁無權謀，也不忍心讓自己的國民參加戰鬥，於是宣告失敗，倉促出逃。

　　儘管徐偃王最終被打敗，但畢竟嚴重地打擊了周天子的權威。姬周王朝從此就更加江河日下了。

參考文獻

1.《史記・周本紀》

2.《史記・秦本紀》

3.《左傳》昭公十二年

4.《韓非子・五蠹》

5.郭璞《山海經序》

6.王逸《楚辭章句》

7.洪興祖《楚辭補注》

8.《後漢書・東夷列傳》

07 幽王玩火失國

《天問》云：「妖夫曳衒，何號於市？周幽誰誅，焉得夫褒姒？」

一、天災人禍

西周第十二代君主是周幽王，周宣王之子，名叫姬宮湦。幽王即位僅僅一年之後，涇水、渭水和洛河一帶發生了強烈地震，三條河水乾涸，岐山之巔崩裂，天下大旱，民不聊生，社會矛盾，尖銳激烈。偏偏此時周朝對外攻伐西戎的戰爭又遭遇大敗。大夫伯陽甫預測說：「周朝將要滅亡了！」在此國家危亡時刻，大臣褒珦，勸諫幽王改弦更張，重振朝綱。這明明是忠貞之言，但昏君幽王，非但不聽，反而把褒珦關入大牢，整整三年。褒國族人千方百計想把褒珦救出來。他們聽說周幽王愛好美色，就將本國一位絕色佳人，獻給幽王，要求借此替褒珦贖罪。（注）這位佳人，因為來自褒國，所以人稱褒姒。

二、褒姒出世

據說，早在夏朝晚期，有兩條神龍飛到夏帝宮廷的院子裡，說：「我們是褒國的兩位先人。」夏帝讓人算了一卦，算卦的人說，殺死它們，或離開它們，或阻止它們，都不吉祥。算卦的人請求將它們的吐沫收藏起來，說這才是吉祥的。於是夏帝讓人用書面告知那兩條龍，請它們將吐沫留下。兩條龍留下吐沫後就飛走了。夏帝讓人將這些吐沫收藏在木匣之中。夏朝滅亡之後，這盒龍吐沫留給了殷商之君；商朝滅亡之後又留給了周朝。連綿沿襲三代，都沒有人敢打開這個盒子。周厲王末年，派人將此木盒打開，想看看裡邊究竟裝的是什麼東西。那些龍吐沫流了一地，也沒辦法剷除。周厲王就讓女人們光著身體

注：關於褒姒入周經過，本書依據《史記》所載。《國語·晉語一》則云：
「周幽王伐有褒，褒人以褒姒女焉，與虢石父比也。」與《史記》有異，茲錄以備考。

大呼亂叫，結果，那些龍吐沫就變成一隻蜥蜴，竄入了後宮。幾年之後，後宮一個剛剛掉牙齒的七歲女孩碰到了這只蜥蜴，開始沒有什麼異樣，但她滿十六歲時居然無夫懷孕，且十個月後，便生下了一個女孩子。因為無夫而生子，宮裡的人很害怕，就將這個女嬰丟到宮外。這段時期，大街上的女孩子們唱著一首歌謠，大意是說：「桑樹弓，箕箭袋，一定會使周滅亡！」周宣王聽到這首民謠，開始注意此事。正好街上有一對夫婦正在叫賣這兩樣東西，周宣王便派人去抓並要殺掉這兩個人。這對夫婦聞訊連夜逃跑。他們在逃跑的路上，看見路邊有個棄嬰。那正是被人扔出來的後宮女子無夫而生的女嬰。女嬰正在繈褓中呱呱哭泣。夜色漆黑，道無行人，再不餵哺，此嬰必死無疑。這對夫婦心裡善良，很是同情，就抱起這個嬰兒，繼續逃跑，一直奔向褒國。這個女嬰後來就在褒國長大，成人後，居然是個十分豔麗的姑娘，所以，當周幽王關押褒珦，族人營求無門時，就想到了這個絕色女子。因為他們知道周幽王是個色鬼淫棍，唯有此法，才能救出褒珦。

三、烽火諸侯

　　幽王三年，他在後宮見到褒姒，被她的絕色驚豔所傾倒，愛若明珠，如膠似漆，天天帶著她吃喝玩樂，遊宴無厭，真是三千寵愛在一身，幽王從此不早朝。褒姒此女，美是美，但就是不愛笑，整天冷若冰霜。幽王為了讓她笑，想盡了各種辦法，但褒姒就是不笑。為了軍事上的需要，周王朝曾設立烽燧制度，即在驪山每隔幾里的山頭上設立烽火臺，只要有外敵入侵，各個山頭，白天就燃起濃煙，晚上則點起火把，借此將消息迅速地從一站傳向另一站；諸侯們看到烽火傳訊就必須全部帶兵趕到京城來勤王。周幽王正在為讓褒姒開心發笑一事束手無策時，佞臣虢石父便獻一計策，即戲弄諸侯以博得褒姒一笑。幽王居然採納了他的這個餿主意，命人點起烽火，各國諸侯看到信號，果然馬上帶兵前來勤王。結果到了之後，發現原來是幽王在開玩笑，只是為了博得褒姒一笑，實際上並沒有什麼外敵入侵。可以想像當時的情景，烽火臺上濃煙滾滾，各路諸侯，千軍萬馬，星夜兼程，馬不停蹄，氣喘吁吁，但是最後發現京城並無外寇入侵、兵臨城下之事，反倒遙見幽王與褒姒正在高臺上飲酒作樂，而且身邊還有不少美女在吹拉彈

唱歡歌曼舞。急迫而來，掃興而歸，如此被玩，情何以堪！褒姒看到這場鬧劇後就哈哈大笑。幽王因此十分高興，多次讓人點起烽火，諸侯們前來幾次，發現都是鬧劇一場，根本沒有外患，就再也不相信什麼烽火傳訊了。褒姒是笑了，但祖宗留下的這個重要的軍事手段，卻被幽王親手毀掉了。

四、魂斷驪山

在朝廷政務上，幽王任命虢石父為卿士，執掌大權。虢石父其人，貪婪卑鄙，對上奴顏獻媚，百般討好；對下橫眉冷對，敲詐勒索，還特愛在幽王面前說人壞話，因此，讓他執政，朝野上下，怨聲載道。

幽王四年，褒姒生了一個兒子，名叫伯服。幽王為討好她，後來就與虢石父商量，廢黜原來的王后申后，而立褒姒為王后；廢掉原來的太子宜咎，而立伯服為太子。在此情況下，宜咎立即逃往自己的外祖父家——申國。為了將來伯服的順利接班，幽王竟然要殺掉親生骨肉宜咎，便命令申國交出宜咎。申國當然不答應，於是幽王就派人討伐申國，想連申侯一起殺掉。申侯憤怒至極，也為了自保，就聯合繒國國君，並召來西戎軍隊。商議之後，三支部隊一起打到鎬京。

由於平時朝政黑暗，昏君佞臣迫害忠良，欺壓百姓，此時京城內外，兵無鬥志，民有反心。幽王急了，讓人又點起烽火，亟盼諸侯勤王，但各國都怕再次受騙上當，均不以為然，沒有派兵前來救援。幽王兵敗，帶著褒姒，四處逃命。三國聯軍最後追到驪山腳下，將幽王殺死。西周王朝正式宣告覆滅。

自武王克商至幽王覆滅，前後十二個君主，共二百五十七年。

1.《史記‧周本紀》

2.《國語‧晉語一》

3.《詩經‧小雅‧正月》

丁卷　春秋掌故

01　齊桓身後淒涼

《天問》云：「天命反側，何罰何佑？齊桓九合，卒然身殺？」

一、重用管仲

　　齊桓公是春秋五霸之一，原名小白。他的哥哥齊襄公被他的堂哥哥無知殺掉之後，他的同母兄弟子糾為與他爭奪君位，就派自己的親信管仲帶兵在他前往國都的路上攔截他，並一箭射中他的衣帶鉤。小白聰明，立即裝死躺下，反倒贏得了時間，順利登上了齊國的君位。子糾兵敗，後被魯國殺掉，管仲也被魯國人關押起來。齊桓公恨死了管仲，一心要殺死他。這時，他的親信鮑叔牙勸他說：「我有幸跟著您，您最終登上君位。您已經很尊貴，我無法再幫您什麼。如果您只是為了治理區區一個齊國，那麼有高傒與我就足夠了。但如果您還想稱霸諸侯，那麼就非管仲不可。管仲在哪個國家，哪個國家就興旺發達。這樣的人才，您可千萬不能丟失啊！」齊桓公聽從了鮑叔牙的勸告，就假裝通報魯國國君，說要抓回管仲，殺他報仇，實際是想重用他。管仲知道齊桓公的用意，所以同意前往。鮑叔牙前往迎接管仲，等他一到齊國境內就解除了他身上的腳鐐手銬，沐浴更衣之後就去拜見齊桓公。桓公以十分隆重的禮節來接待他，當即任命他為大夫，擔任重要的行政職務。

二、九合諸侯

　　齊桓公得到管仲之後，讓他與鮑叔牙、隰朋、高傒一起治理齊國。管仲創設一個新的制度：國內五家為一軌，十軌為一里，四里為一連，十連為一鄉。這樣，百姓就再也不是烏合之眾，而是形成了一個組織嚴密的整體。他還重視發展經濟，鼓勵百姓捕魚、煮鹽，增加收入。另外，他還扶助和贍養那些貧窮弱勢之人，提拔任用賢能之士。這些政策的實施結果，齊國國力大增，百姓也很擁護。

　　這個時候，東周王朝已經衰微，天下諸侯只有齊國、楚國、秦國和晉國最

為強大。晉國最初還能參加幾國盟會，但晉獻公死後，國內動亂，無暇再顧國外之事。秦穆公認為自己地處偏遠，一般不參與中原諸國的盟會。楚成王剛剛佔有荊蠻之地，也是自顧不暇。因此，只有齊國能夠成為中原各國諸侯會盟之首。齊桓公也能展現他的恩德手段，輕幣重禮，而且打出「尊王攘夷」的口號，使各國有了一種「平等」的感覺，所以各諸侯國都十分願意參加齊桓公組織的盟會。借此形勢，幾年之間，齊桓公率領諸侯南伐召陵，北伐山戎，西伐大夏，九合諸侯，一匡天下。這一切，都與管仲的輔佐密不可分。

三、君臣對話

桓公四十一年，管仲病重，齊桓公前往慰問。桓公說：「仲父病了，將來如果有個萬一，你有什麼話要對我講嗎？」管仲答道：「即使沒有您這話，我也有話要對您講，只是我怕您不愛聽呀。」桓公說：「你讓我往東，我就往東；你讓我往西，我就往西。你對我說的話，我能不聽嗎？」談到管仲身後何人能總理朝政大事時，桓公問：「豎刁這人怎麼樣？」管仲答：「不行。凡人沒有不愛惜自己身體的。他知道您喜歡女色，妃子不少，但互相嫉妒，後宮很亂，於是就自殘己身，成為太監，來幫您治理內宮之事。他連自己都不愛惜，還能真的愛您嗎？」桓公又問：「那麼衛公子開方怎麼樣？」管仲答道：「不行。齊國與衛國之間很近，走十天就能到達，但開方為了侍奉您，十五年沒有回家去看一看自己的父母，這不合常情啊！連他自己的父母都不親近，還能真的親近您嗎？」桓公又問：「那麼易牙怎麼樣？」管仲答道：「也不行。易牙為您作廚師，因為您什麼都吃過了，就是沒吃過人肉，所以易牙就殺掉他的小兒子，把他兒子的肉蒸熟了給您吃。這是您知道的事。人們的感情，沒有不愛自己兒子的，現在他居然能把自己兒子的肉蒸熟了給國君吃！自己的兒子都不愛，又怎麼能愛他的國君呢？」桓公問：「那麼究竟誰可擔此重任呢？」管仲答道：「隰朋可以。他為人意志堅強，廉潔奉公；少私欲，多誠信。意志堅強，就可作為表率；廉潔奉公，就可委以重任；少私欲，就能團結大眾；多誠信，就能親近鄰國。這是霸主的好助手啊！您要重用他。」桓公說：「好的。」

四、桓公身殺

　　管仲死後，桓公開始聽管仲的話，罷黜豎刁、易牙和開方等人。但一年後，隰朋也死了，更叫桓公不快的是，趕走了易牙，他再也吃不到有滋有味的食物了；趕走了豎刁，後宮又亂作了一團；趕走了開方，朝中的具體行政事務也亂七八糟。桓公無可奈何地說：「聖人也有錯誤啊。」於是又把豎刁等人召了回來。

　　豎刁等人重新上臺後，就竊取了國家大權。第二年，桓公到南邊的堂阜去遊覽，豎刁率領易牙、開方及其他一些大臣趁機造反，他們把桓公關在一間屋子中，再也不讓他出來。有一個婦人偷偷從小洞中爬進小屋中來，桓公說：「我很餓，想吃飯；我很渴，想喝水；但沒有人給我送來，那是什麼緣故啊？」那個婦人告訴他：「易牙、豎刁和開方等人已經將齊國瓜分了。路上戒嚴，不能通行。開方已經發佈公告將七百個社劃到衛國了。食物不可能再送來了。」桓公感歎道：「還是聖人管仲看得遠啊！人死了如果沒有知覺還好；如果有，我還有什麼臉面去地下見管仲呢？」桓公就這樣活活餓死了。

　　桓公死後，他的五個兒子為爭君位拉幫結派，互相攻擊，所以宮中無人主持，自然沒有人敢去給桓公入殮。桓公的屍體在床上挺了六十七天沒人理睬，屍身腐爛，蛆蟲成堆都爬到了門外。一直等到長子無詭即位後，才派人將棺材抬去，連夜入殮出殯，草草入土完事。

　　威振天下的一代霸主竟然落得這樣一個下場！

1. 《史記‧齊太公世家》

2. 《韓非子‧十過篇》

3. 《管子‧小稱篇》

02　甯戚餵牛得官

《離騷》云：「甯戚之謳歌兮，齊桓聞以該輔。」
《九辯》云：「甯戚之謳歌兮，齊桓聞以該輔。」

甯戚本是衛國人，很有本事，品德也好。他想到齊桓公手下謀個官職。到了齊國之後，因為沒有背景，也沒有錢財，所以無法到達齊桓公跟前一展自己的才華。時間一長，為了生計，他開始經商，混跡於商賈小販之間，但是內心一直鬱鬱不平。

有一天，他趕著牛車又要到齊國臨淄城中去做買賣，太晚了，未能趕在城門關閉前到達，就只好在城外一個小旅館中打尖歇腳。正好，這天齊桓公到郊外去迎接貴賓，破例夜間打開城門，讓城門外道路兩側的所有車輛都一律退避。他的隨從人馬特別多，還都舉著火把，耀如白晝。甯戚這時正好在車下餵牛，遠遠地看到齊桓公的影子，內心十分悲傷，就一邊敲著牛角，一邊高聲唱道：

> 南山矸，　　　　白石爛。
> 生不遭堯與舜禪，短布單衣適至骭。
> 從昏飯牛薄夜來，長夜漫漫何時旦？
>
> 滄浪之水白石粲，中有鯉魚長尺半。
> 敝布單衣裁至骭，清朝飯牛至夜半。
> 黃犢上阪且休息，吾將舍汝相齊國。

齊桓公聽到這歌聲，十分驚訝，拍著身邊一個隨從的手說：「神奇啊，唱這歌的人不是尋常人物！」他命人將甯戚帶到身後的車上，隨他一起回去。

回去之後，齊桓公身邊的人問怎麼安排甯戚。桓公說：「給他換一身好衣服，我要見他。」甯戚見到齊桓公後，首先講述如何治理國內之事。第二天又見面，他給齊桓公講述如何稱霸天下之事。齊桓公十分高興，要任命他擔任重要的官職。群臣勸諫說：「客人是衛國人士，離齊國才五百里，不遠，不如派

個人去調查調查，如果確實是個有本事的人，那時再任命也不晚吧。」齊桓公說：「不對，派人去調查了，如果有一點小毛病，就因為他有點小毛病，就有可能忘了他的大優點。這是國君喪失天下有才之人的原因啊。另外，人無完人，我就用他的長處罷了。」於是就堅決重用他，任命他為客卿，留在身邊輔助自己。就因為這個舉措，齊桓公得到了人才，這也就是他能成為春秋一霸的原因。

1.《淮南子‧道應訓》
2.劉向《新序‧雜事第五》

03 老虎哺乳嬰兒

明·蕭雲從繪

環穿閭社，爰出子文。

《天問》云：「何環穿閭社丘陵，爰出子文。」

老虎不吃嬰兒，反而還給嬰兒哺乳。這不是天方夜譚，而是史有記載。

春秋前期，楚國的若敖娶了鄖邑的一位姑娘，生下兒子鬥伯比。不久，若敖去世，鬥伯比就跟著他母親回到鄖邑，並在鄖邑長大。

鬥伯比長得風流倜儻，充滿陽剛之氣，贏得了鄖公女兒的愛慕。這兩個青年男女陷入愛河之後，十分大膽，頻頻幽會，或在邑城裡面，或在邑外丘陵之中。花前月下，春播秋收。很快兩人就有了愛情的結晶——一個白白胖胖的男嬰呱呱落地。他就是後來楚國的賢相子文。

因為這是私生子，如果張揚出去，必然有損鄖公臉面，所以，鄖公夫人就自作主張，派人將這個嬰兒悄悄地丟棄到雲夢的山林之中。她以為，這個嬰兒被扔在山林之中，不是餓死，就是被野獸吃掉，從而抹去這段對鄖氏不光彩的風流韻事。誰知奇跡居然發生了。雲夢山林中的一隻母老虎，不僅沒有吃掉這個白白胖胖的嬰兒，反而還認真地用自己的乳汁精心餵養這個正呱呱哭泣的嬰兒。

冬天正是打獵的好季節，鄖公也放下公務，興致勃勃地出外打獵。他來到雲夢山林之中，親眼看到，遠處山坡上，寒風中，一棵大樹下，一隻斑斕大虎正在用自己的乳頭在小心翼翼地給一個嬰兒哺乳。這一奇異的場景，使他又驚又怕，不再打獵，掉頭就跑。回去之後，他將親眼所見告訴給自己的家人聽，作為當地最高行政長官，他自然還要懷疑和追查山林中怎麼會有棄嬰這一違情背理有傷教化之事。鄖夫人沒有辦法，只好將自己女兒與鬥伯比私通有孕生子之事，原原本本地報告了他。周人始祖后稷剛出生時，其母將其棄於隘巷，牛羊庇之；置於冰上，大鳥覆之。鄖公當然知道歷史上這一聞名已久的神異故事。他大概覺得自己女兒這個私生子的遭遇與后稷的相似，也很奇特神異，將來大有前途，所以便立即命人將這個棄嬰撿回來撫養。

鬥伯比是楚國望族若敖氏的後裔，他家這一支姓「鬭」。楚國人稱乳為「穀」，稱老虎為「於菟」。鄖公因為親眼見到老虎給這個嬰兒餵過奶，所以就給這個嬰兒取名叫「鬭穀於菟」。既為了這個嬰兒光明正大地成長，也為了遮掩自己女兒的風流韻事，所以他又將自己的女兒正式嫁給了鬥伯比，也可以說有情

人終成眷屬。

　　這個曾被老虎餵養過的小孩，長大後因為德才兼備被楚王任命為令尹，位極人臣。他恪盡職守，不負眾望，滅弦伐隨，還曾經自毀其家以紓緩楚國之難，在歷史上留下了精彩的一筆。

　　1.《春秋左傳》宣公四年

　　2.王逸 《楚辭章句》

　　3.洪興祖 《楚辭補注》

04 百里不棄糟糠

《惜往日》云：「聞百里之為虜兮，伊尹烹於庖廚……不逢湯武與桓繆兮，世誰云而知之。」

魯僖公五年，晉獻公滅掉虞、虢兩國，俘虜了虞國國君和他的大夫百里奚等人。後來，女兒出嫁給秦穆公時，他就把百里奚當作陪嫁品送到秦國。百里奚找個機會逃離秦國，想跑回自己的故鄉宛國。途中被楚國的鄉民抓住。

秦穆公聽說百里奚很有本事，想用重金贖回他，但怕引起楚國人懷疑而不給，就派人對楚國人說：「我夫人娘家的陪嫁奴才百里奚跑到了你們那裡，請允許用五張羊皮贖回他。」楚國人以為一個只值五張羊皮的逃奴，不會有什麼大本事的，所以就答應了此事。百里奚就這樣被當作逃犯押回了秦國。百里奚這時已經七十來歲。

回到秦國後，秦穆公讓人解下他身上的刑具，並要與他談論國家大事。百里奚婉言謝絕說：「我是一個亡國之臣，哪有資格回答您的詢問。」秦穆公說：「虞國國君不重用你，所以滅亡了。這不是你的罪過。」一再詢問，百里奚只好回答。兩人交談了三天。穆公十分高興，請他參與處理國家大事，並稱他為「五羖大夫」。百里奚拒絕說：「我不如我的老友蹇叔，蹇叔很有賢德但世人不知。我曾經到齊國謀職但不順利，處境十分困窘，只好向銍國人討飯吃。在這種情況下，蹇叔收留了我。我因而想去侍候齊國的國君無知，蹇叔勸阻了我，我才逃脫了齊國一劫，於是就去了周朝。周王子頹喜歡牛，我把自己飼養的牛送給他企圖謀取一個職位。等到王子頹想要任用我時，蹇叔又勸阻了我。我因此離開了周朝，又逃脫了一劫。後來侍候虞國國君，蹇叔又曾勸阻過我。我也知道虞國國君並不會重用我，我確實因為私心於利祿爵位，就留在了虞國。我兩次聽了他的話，兩次逃脫危難；一次不聽，於是就遭遇到虞國國君之難。我因此知道他是一個很有本事的人。」聽了百里奚的話，秦穆公就派人用重金去迎聘蹇叔，也任命他為大夫。

百里奚當了秦國宰相之後，一天在堂上大擺宴席，招待客人。堂上樂聲大作時，家裡雇的一個洗衣婦女說她也會唱歌，要求表演一曲。得到允許之後，她抱著一把古琴，邊彈弦邊唱道：

百里奚，　　　　　初娶我時五羊皮。
臨當別時烹乳雞，今適富貴忘我為？

又唱道：

百里奚，百里奚，
母已死，葬南溪，
墳以瓦，覆以柴；
舂黃藜，扼伏雞；
西入秦，五羊皮，
今日富貴捐我為？

百里奚聽後大驚，仔細一問，才知這位洗衣婦原來正是自己的結髮之妻。在老家婆婆死後難以生活，就西行到咸陽來找丈夫，借這個唱歌的機會來與百里奚見面。百里奚十分感動，兩人相認，重新結為夫婦。這在歷史上也是一段膾炙人口的佳話。

參考文獻

1.《史記・秦本紀》
2.《風俗通》
3.《太平御覽》五百七十六引《典略》

05 申生愚孝屈死

《九章·惜誦》云：「晉申生之孝子兮，父信讒而不好。」

春秋時期，晉國發生了一場激烈而又離奇的政變。

晉獻公攻打驪山一帶的驪戎，戰勝了驪國的軍隊，殺死了驪國之君，並將他那美麗的女兒占為己有，俘回國內，立為夫人。很快，驪姬為晉獻公生下了又一個兒子奚齊，她的妹妹則生下了卓子。驪姬要為自己的祖國報仇雪恥，決心要搞亂晉國，就開始了一步又一步的動作。

首先，她用女色等辦法，拉攏了晉獻公身邊的一些親信，然後通過他們，向獻公請求，派太子申生前往晉國的宗邑曲沃，派申生的同父異母兄弟重耳前往蒲城，夷吾前往屈城，只讓自己的兒子奚齊留在晉國的首府絳城。這明明是在瓦解政權的核心力量，但昏庸的獻公居然答應了她的請求。史官蘇朝頭腦清醒，一針見血地指出：「砍樹不砍根，此樹一定還會生長起來；堵水不堵源頭，水一定還會流淌出來；消滅禍患不除根，禍患一定還會發生。現在國君消滅了驪國之君，但是保留了他的女兒，這就是留下了禍根。驪姬要報殺父之仇，而咱們的國君還滿足了她的請求。國家要發生大的動亂了。」獻公十七年，獻公命太子申生帶兵去攻打東山之國，卿大夫里克覺得不合適，所以就去勸獻公收回成命，說申子作為太子，不應該帶兵出去打仗。誰知獻公生氣地說：「我有幾個兒子，不知該立誰為太子。」這是要廢黜太子的信號，里克一看不好，就默默無語地走了。太子的親信狐突也看出形勢對太子不利，所以勸申生趕快辭掉太子之位以保住性命，申生沒有聽他的話。這時，誣衊太子的讒言越來越多，狐突於是杜門不出，漸漸退出政壇。

接著，驪姬通過一位姓施的戲子情夫，用威脅的辦法，迫使掌握軍權的將軍里克在未來的政變活動中持中立態度，里克甚至一連三十天稱病不再上朝。驪姬又讓獻公的親信大夫梁五和東關五等人在獻公面前說太子申生的壞話。因為讒言聽得多了，晉獻公對太子越來越不信任，就私下對驪姬說：「我想廢黜

太子申生，讓奚齊代替他。」驪姬哭著說：「太子已經確立，諸侯早已知道，另外，他幾次帶兵打仗，百姓很擁護他，怎麼能因為我的緣故而廢嫡子、立庶子呢？您如果一定要這麼做，我就要自我了斷。」驪姬假裝讚譽太子，實際上暗地裡又讓人在獻公面前不斷地說太子申生的壞話，最終讓自己的兒子當上太子。有了這些鋪墊之後，她開始了直接謀害太子申生和獻公其他兩個兒子的行動。

一天，她假借獻公的名義，命令申生說：「今天晚上，國君作夢夢見你的母親齊姜了。你必須立即到家廟中祭祀，並且將祭祀用過的酒肉送給你父親吃。」申生信以為真，就立即在曲沃的家廟中祭祀他的母親，然後將祭祀用過的酒肉送到絳城，請他的父親吃。獻公這個時期正在外面打獵，不在絳城。驪姬接到太子申生送來的祭祀用酒肉後，就在這些酒肉中摻入了鴆、堇一類毒藥。兩天后，晉獻公打獵回來，召見太子申生讓他獻上祭祀用過的酒和肉。因為是祭酒，為了表示對已故者的敬意，所以獻公喝之前先往地上灑了幾滴，誰知地面當時就崛了起來，顯然酒中有毒。申生一看不好，很害怕，悄悄地走了出去。驪姬將申生送來的祭肉扔給狗吃，狗立即就死了；又將祭酒讓身邊的小臣喝下，小臣也當場就死了。驪姬當場哭著說：「太子就這麼忍心！連自己的父親都想殺死，然後替而代之，更何況別人呢？另外，您已年老，旦暮之人，他還等不及要殺死！」她進一步火上澆油，對獻公說：「太子這樣做的真正原因，不過是由於我和奚齊的緣故。我們母子願意躲到別國去，就比如早點自殺一樣，不要白白讓我們母子成為太子的魚肉。開始，您要廢黜他的太子之位，我還對您有意見；現在，我很後悔這一點。」獻公大怒，立即下令殺死太子申生的師傅杜原款。申生聞訊後立即跑回曲沃城。

有人對太子說：「下此毒藥的，就是驪姬，太子為什麼不親自向國君說明這一點？」太子說：「我父親年紀老了，沒有驪姬，睡不好，吃不香。如果我解釋清楚了，驪姬一定有罪，我父親一定會殺死她。驪姬一死，我父親就會睡不好、吃不香。與其這樣，我還不如去死。」又有人勸他說：「那你趕快跑到外國去吧。」太子說：「我現在帶上殺父的罪名出國，有哪個國家會接納我？」

正在他猶豫不決之際，驪姬跑到曲沃來見申生，假心假意地哭著說：「有父親活著，還要自殺，更何談愛百姓呢？容忍父親的做法，想當個好人，可誰人能

說他好？殺死父親想利於他人，可誰人能做對他有利的事情？這些都是百姓所厭惡的，難以長生不老。」驪姬走後，申生決定自殺。臨死前，申生派人對當日的親信狐突說：「我有罪，就是當年沒有聽從您的勸告，以至今日之死。申生不敢愛惜自己的性命。即使如此，我的父親老了，國家多難，您不出山，我的父親怎麼辦？您如果能出山幫助我的父親，我即使死了，又有什麼可後悔的？」說完，他在曲沃的家廟中上吊自殺。

申生死後，驪姬又對獻公說：「重耳、夷吾都參與了申生謀害您的陰謀。」獻公當即命令奄楚去刺殺重耳，重耳聞訊後逃往自己外祖父的國家狄國。獻公又命賈華去刺殺夷吾，夷吾聞訊後逃往梁國。主要的競爭者，死的死逃的逃，驪姬的兒子奚齊正式立為太子。

可是，晉國從此亂成一團。晉獻公死後還未埋葬、奚齊尚未正式即位就被里克殺掉；驪姬妹妹的兒子倬子被推上晉國國君的寶座，但獻公下葬不到一個月，里克又將倬子殺掉。其後夷吾被迎回即位，稱為惠公。惠公外背秦國，內殺權臣，天遇大旱，民不聊生。夷吾死後，其子即位，稱為懷公，殺害重耳的親信狐突，政局又亂成一團。總之，晉獻公死後的十九年間，晉國政壇，一直動盪不安，驪姬復仇的願望暫時實現了。但是，十九年後，重耳回國，晉國又復平安，漸趨興盛，成為春秋五霸之一。

參考文獻

1. 《左傳》僖公四年
2. 《國語‧晉語》一、二
3. 《史記‧晉世家》

說明

上述幾個資料所載，有些內容互有出入。本書兼顧各本所述，擇善從之。

06 介子隱死綿山

《惜往日》云：「介子忠而立枯兮，文君寤而追求。封介山而為之禁兮，報大德之優遊。」

一、割肉療饑

晉公子重耳為避後母驪姬的迫害，從蒲城出奔前往他母親的娘家狄國。跟隨他的主要隨員有趙衰、狐偃、賈佗、先軫和魏武子等幾十人。他在狄國滯留了十二年，期間，狄國人還幫助他成了個家，生下兒子伯鯈。為了東山再起，十二年後，他開始周遊各國，尋求幫助。到衛國後，衛文公對他無禮，他只好離開。匆匆離開，衛公又無饋贈，再加天又大旱，土地都裂開了大口子。經過五鹿時，他徹底陷入困境，沒有飯吃。又累又餓，向當地百姓討吃的，結果百姓們只能給他一個土塊。在此饑餓難耐的時刻，隨從隊伍中走出一個原本沒有名氣的隨從，他毅然用刀割下自己腿上的肉讓重耳吃，這才使重耳渡過了難關。這人就是介子推。（注）

二、賞未及介

經過十九年的流亡，最後在秦國的幫助下，重耳又回到晉國並奪取了政權，他就是春秋時期赫赫有名的晉文公。即位後，晉文公開始獎賞十九年來一直跟隨他的那些部下及有功之人，功勞大的獎勵邑祿，小的也要加封尊貴的爵位，如，封狐偃為大將軍，封艾陵為宰相，等等。還沒有賞完，周襄王因為國內有難出奔鄭地，派人前來告急。晉文公忙於處理這件緊急事務，所以獎賞之

注：關於介子推割肉療饑之事，《淮南子》等書以為是在重耳奔狄期間，而狄國是重耳的外祖父家，且重耳在狄有家有室，哪來「遭難絕糧」之事？因此，根據《史記·晉世家》所載，此事發生在離開衛國、路過五鹿之時為更加合理。

事還沒有搞完，就沒有賞到介子推頭上。

三、介子退隱

　　介子推嘴上不說此事，內心裡分析說：「獻公有九個兒子，現在只剩下當前君主一人。前些年，惠公、懷公無道，國外國內都拋棄了他們。老天還沒有要晉國滅亡，必定會有一個好的君主，而能擔此重任者，不是現在的君主還能有誰？這是老天的意思，有些人以為是自己的力量，不也大錯特錯嗎？竊人錢財，人們還稱之為強盜，更何況貪天之功竊為己有呢？下邊的人懷有那種罪惡之心，上邊獎賞的都是一些奸人。上下相欺，我很難與這些人共處了。」他決定歸隱山林。回到家中，他的母親對此感到不平，說：「你何不也去要求獎賞呢？否則，死了又能怨誰？」介子推說：「明知他們錯了，卻還要去效仿他們，豈不是罪加一等嗎？另外，我已經說過了，不再吃官家的俸祿。」他的母親說：「那也應該讓國君知道一下吧。怎麼樣啊？」介子推又說：「話，是一個人的文采；我既然想退隱，還哪裡用得著這些光彩？要光彩，就是求顯赫啊。」他的母親說：「你能如此，我就與你一起退隱。」從此，母子離開京城，再也沒有回來過。

四、文公覓介

　　介子推身邊的人同情他，就在晉文公的宮門口張貼了一首詩。詩中寫道：

龍欲上天，五蛇為輔。

龍已升雲，四蛇各入其宇，

一蛇獨怨，終不見處所。

晉文公出門，看到這首詩後就流著眼淚說：「這說的是介子推啊。我正忙於周朝王室的事，還沒有顧上獎賞他啊。」他立刻派人去召見介子推，但介子推早已經出走了。於是晉文公下令說：「有能找到介子推的，我賞他上卿之爵、良田百萬！」

　　有人在綿山中曾遇見過類似介子推的人，只見他背著一個鐵鍋，一手撐著一把雨傘，正在山道上匆匆走過，於是便問他：「請問介子推在哪裡？」此人回答說：「聽說介子推不想見人，而只想退隱，我怎能知道他在哪裡？」言畢就朝相

反的方向走了。以後就誰也沒有再見過他。

　　晉文公想盡各種辦法尋找介子推，但未成功。最後有人建議用火燒綿山的辦法逼出介子推。於是就放火燒山，滿山大火，但最終也沒能逼出介子推，估計他在這場大火中被燒死了。晉文公於是就下令，將環繞介山的土地都封給介子推，稱之為「介推田」，又將綿山改名為「介山」。他說：「用此辦法來記住我的過錯，同時褒獎好人。」

 參考文獻

　　1.《左傳》僖公二十四年

　　2.《國語‧晉語四》

　　3.《史記‧晉世家》

　　4.《呂氏春秋‧介立篇》

　　5.《淮南子‧說山訓》

 說明

　　上述諸書所載介子推事蹟，互有出入，本書以《史記》為準。

07 秦伯因狗逐弟

明・蕭雲從繪

兄有噬犬弟何欲，易之以百兩卒無祿。

《天問》云：「兄有噬犬弟何欲？易之百兩卒無祿。」

　　殽山之戰後的幾十年間，秦晉兩國一直處於敵對狀態。這種狀態直到八十餘年之後才開始有了變化。據《左傳》和《國語》等古籍記載，魯襄公二十六年春，秦伯之弟鍼奉其兄秦景公之命，代表秦國到晉國，談和結盟。能夠代表國君和國家的利益，說明此時鍼與其哥秦景公的關係還是很好的。但短短五年之後，兩人關係驟然緊張。《左傳》、《國語》和《史記·秦本紀》等古籍記載，魯昭公元年，秦伯之弟鍼流亡晉國。那麼，究竟是什麼原因促使發生如此大的變化呢？

　　鍼與秦伯本為同胞兄弟，曾經很得其父秦桓公和其母的寵愛，家裡非常富有。另外，似乎他也沒有犯下什麼滔天大罪，因為他此次「奔晉」，十分從容，甚至還帶著一千輛車的金銀財寶，可見他的離開，秦伯並沒有刻意阻攔。但他又是被迫離開自己的祖國的，因為他臨行前與他母親商量的時候，母親對他說：「你如果不主動離開的話，恐怕要被趕走。」在他到了晉國之後，晉平公問他說：「你如此富有，為什麼要自己流亡呢？」鍼坦率地回答說：「我哥哥不講道理，我怕被殺，所以跑了出來，想等他死了以後再回去。」他與其他人的對話中也流露出了這個意思。可是這些話還是語焉不詳。鍼沒有犯什麼罪，秦伯為什麼非要趕他走不可？秦伯究竟是怎樣的「無道」？這些問題，《左傳》、《國語》和《史記》等古籍均無明確記載，只有屈原的《天問》捅破了這層窗戶紙：「兄有噬犬弟何欲？易之百兩卒無祿。」

　　事情原來是這樣的：秦景公有一條他頗寵愛的狗。這條狗十分厲害，很能咬人，可能像後世藏獒一類。鍼也看上了這條狗，懇求他哥哥送給自己，但秦景公沒有答應。幾次央求都遭到拒絕，最後鍼表示願意拿出百兩黃金來買這條狗。這下就惹惱了他的哥哥秦景公。秦景公心想，你不是有錢嗎？那還要爵祿幹什麼？因此，不但不賣給他狗，而且還把他的職位和爵祿也給取消了。他的母親當然瞭解自己兩個兒子的性格和相互之間的關係，這才警告鍼說：「你如果不主動離開，你哥哥恐怕就要下令趕你走了！」幾年前，鍼還代表國家和他的哥哥到晉國談判結盟，從而終止了兩國之間八十餘年的敵對狀態。當時晉國的大夫叔向讚美說：「秦、晉不和，時間很長了。今日晉秦談判成功，對晉國有好處，如果不

成，戰爭又將爆發，生靈塗炭，對國家沒有好處。」因此，應該說，鍼對國家來說是立下大功的，而現在卻為了一條小狗，秦景公就剝奪了自己的爵祿，甚至還要趕走自己，所以他對晉平公說，他的哥哥不講理。因為他沒有犯下什麼罪，所以他又說，只要他哥哥一死，自己就可以馬上回國。

漢人王逸這樣解釋，大概是他看到過有關材料，而且只有這樣的解釋，才能說清《左傳》、《國語》等史料關於這件事的模糊不清又頗為蹊蹺的記載。清人發難，劉夢鵬以為《天問》那兩句詩是講趙簡子家的事情，殊不知《史記・趙世家》所載之「翟犬」，只是趙簡子夢中所聞，僅僅是一個幻覺，後來又只是一個比喻，比喻代國的「先」人而已。且無「易之以百兩」之事，因此，清人所釋大謬，唯有王逸之釋合乎原詩之意。

1.《左傳》襄公二十六年、昭公元年
2.《國語・晉語七》
3.《史記・秦本紀》

08 吳光設宴刺僚

明．蕭雲從繪

勳閣壯武

　　《天問》云：「勛闔夢生，少離散亡；何壯武厲，能流厥嚴？……吳光爭國，久餘是勝。」

一、季札辭位

　　吳國從太伯到壽夢共二十代，其間與中原諸國時通朝會，威望越來越高。壽夢二十五年，壽夢病重將逝。他有四個兒子，長子叫諸樊，次子叫余祭，三子叫餘昧，四子叫季札。季札賢慧，壽夢想傳位給他，季札推辭說：「禮有舊制，立長為嗣，為什麼要廢除前王之禮，而行父子私情呢？」壽夢於是對長子諸樊說：「我想將國政傳給季札，你不要忘了我的話。」諸樊說：「周朝的太王知道西伯姬昌聖明，廢長立少，周朝因此興旺。現在您想把國政傳給季札，我就去當個普通百姓躬耕田野。」壽夢說：「從前，周王所行之德，能夠統一天下；現在你在區區小國，荊蠻之鄉，怎能成就天子那樣的事業呢？只是你不要忘了我的話，一定要將國政交給季札。」諸樊說：「我敢不執行您的命令嗎？」

　　壽夢死後，諸樊以長子身份暫時管理國家事務。壽夢的喪事完畢，諸樊要將國政交給季札，說：「父親臨終時，曾憂慮不安，我看他的神色，意思是要將國政傳給季札。他還三次難過地對我說：『我知道公子季札賢明，想廢長立少。』他一再說這件事。即使我心裡已經答應他，但是父親不忍心直接按照他個人的意願行事，就把國政交給了我，我敢不聽從父親的遺命嗎？現在，國家是你的，吾願意完成父親的遺願。」季札推辭說：「長子即位，不是父親的私心，而是宗廟社稷的制度，難道可以改變嗎？」諸樊說：「只要對國家有好處，哪有什麼先王之制？太王改讓季歷即位，大伯二伯前來荊蠻，建城為一方諸侯，周王之道大行天下，前人讚不絕口，而這就是你要做到的。」季札又推辭道：「當年，曹宣公會晉侯聯兵伐秦，死在部隊中，次子負芻殺掉太子，自立為君，諸侯和曹人不同意。諸侯聯兵討伐曹成公子負，並把他抓起來押送到京城。諸侯想立曹宣公另一次子臧為曹國國君。子臧於是逃往宋國，他不為別的，就要成就曹君。君子評論說，他能謹守節義。你作為嫡子繼位，誰敢說三道四？我實在沒有擔任國君的想法。我雖然無才無德，但是願意向子臧學習，安分守己。」吳人一定要立季札為君，季札就離家出走，到農村裡去種地。諸樊見此情景，就說：「現在硬要把國

政交給季札，季札一定不會接受。這樣吧，咱們立個規矩，今後國家不傳兒子而傳給兄弟，弟兄依次為君，最後就會傳到季札了。」弟兄幾個都說：「好的。」季札不願為君，就將他封在延陵，故後來人們稱之為「延陵季子」。

二、吳光陰謀

諸樊死後，次子余祭即位；余祭死後，三子餘眛即位；餘眛死後，應該是季札即位，但是季札又推辭並逃離吳國。於是吳人就立餘眛之子僚為王。

這樣一來，諸樊之子公子光就不高興了。他常常說：「我家長輩兄弟四人，按照原來約定，應當傳給季叔叔。季叔叔不接受，我的父親最先即位，政權不傳給季叔叔，我就應當即位。」因此，他暗裡地招納賢士，想要襲殺王僚。

歷史上，楚國邊境上的採桑女與吳國邊境上的採桑女因為採桑而發生爭執，兩家因此打了起來。兩國邊境上的轄地長官聽說了這件事，也因憤怒而打了起來，楚國邊界長官帶兵掃蕩了吳地邊邑。吳王發怒，於是就討伐楚國，奪取兩個城市才了事。吳楚兩國因此結下了仇恨。所以伍子胥當年因為楚平王殺害他的父兄，還要追殺他本人。走投無路之際，他只好來到吳國。公子光開始很高興，因為他聽說伍子胥武藝高強，足智多謀，又是為報父仇而來吳國，他私下想拉攏伍子胥。吳王僚召見伍子胥時，伍子胥詳訴攻打楚國的好處。公子光怕伍子胥被王僚親近、任用，於是就在王僚跟前說他的壞話：「伍子胥建議攻打楚國，不是為了吳國的利益，而只是為了他個人的一己之私。」伍子胥知道後，心裡明白公子光有暗殺王僚之意，所以馬上入宮再見王僚，說：「我聽說，諸侯不會因為個人恩怨而興師用兵攻打鄰國。」王僚奇怪地問：「你怎麼又這樣說了呢？」伍子胥解釋說：「諸侯著眼於政治、大局，不會因為個人恩怨或復仇而興兵打仗。現在大王作為一國之君，只為我個人恩怨而興兵，那是不對的，我不能執行大王的命令。」為了不捲入吳國內部的黨爭，伍子胥便退出吳國京城而到農村裡去種地。伍子胥在逃離楚國，流亡他鄉的路上時，曾遇見過一位勇士，名叫「專諸」。專諸對他說：「你看我的樣子，好像一個愚蠢的人？你的說法多麼荒謬。一個人，能屈身於一人之下，就必定能超出萬人之上。」伍子胥很欣賞他，便與他交為朋友。這個時候，伍子胥就將專諸推薦給公子光。

　　公子光得到專諸之後，以很重的禮節對待他。公子光說：「上天讓您輔助我。」專諸說：「先王餘眛死，王僚即位是自然而然的，公子為什麼因此而要加害他呢？」公子光向他解釋了壽夢生前生後關於王位繼承的一些規定，說：「我三叔餘眛死後，國內空位，能夠即位的當是上輩長兄之子，也就是我公子光。現在僚憑什麼即位成王？我力弱無助，只有借助有本事的人才能實現我的願望。我即使代行執政，季札叔叔回國之後，也不會責怪我的。」專諸說：「何不讓親近之臣在王僚跟前委婉地陳述先王之命，提醒他，讓他知道國政應該歸誰。何須私自招募殺手，以損先王之德？」公子光說：「僚這人平素貪得無厭，自恃掌握實力，只知篡位有好處，決不會退讓半步的。我所以覓求與我志同道合之人，想與他同心協力。我想您會理解這個意思。」專諸說：「您說得很直接了，我能為公子做什麼呢？」公子光說：「不對，這是社稷之言，小人不能做到，只有看天命如何了。」專諸說：「請公子給我下命令吧。」公子光說：「現在時機不到。」專諸說：「但凡想殺國君，必須首先搞清他的愛好。吳王喜好什麼？」公子光說：「他喜歡滋味。」專諸說：「他最喜歡的是什麼滋味？」公子光說：「他喜歡吃紅燒魚。」專諸於是馬上去太湖向廚師學習燒魚的方法。三個月就學會了，安心等待公子的命令。

　　王僚十二年冬，楚平王病逝。十三年春，吳王想趁楚國辦喪事的機會而攻打它，便派公子蓋余、燭庸率兵包圍楚國的六、潛兩城。又派季札前往晉國，以觀看諸侯的變化。楚國抵抗吳兵入侵，派兵截斷了吳兵的退路，吳兵不能回師。於是公子光召見專諸說：「現在兩位弟弟出兵伐楚，季札叔叔尚未回來，在此之時，機不可失。而且，我確實是真正的吳王繼承人，應當即位，我要努力爭取。」專諸說：「王僚可殺。因為他母老子弱，兩位公子帶兵在外，楚兵已經截斷了他的後路。現今吳國外邊有楚國威迫，朝內空虛沒有耿直忠勇之臣，有誰能把我們怎麼樣？」公子光高興地說：「我想的，跟你想的一樣。」

三、專諸刺僚

　　四月丙子這日，公子光在家中地下室中埋伏了大量帶甲之士，然後去請王僚前來喝酒。王僚去問自己的母親，說：「公子光專門來請我去喝酒，難道會有陰

謀嗎？」他的母親說：「光這個人常有不滿之意、怨恨之色，不可不慎。」王僚於是身披三層鎧甲，派親兵遍佈從宮門到公子光家的道路上。酒宴臺階和坐席左右都是王僚的親人和親戚，有的坐著，有的站著，手裡都拿著長戟，交叉護衛。酒喝到高興時，公子光假裝腳上有病就回裡屋去換藥，並派專諸端上王僚喜歡吃的紅燒魚。實際上，專諸端上來的紅燒魚肚中藏著一柄鋒利的「魚腸劍」。專諸端著這盆紅燒魚一直走到王僚跟前，趁王僚不注意，就剖開魚肚，抽出「魚腸劍」，旁邊站著手持利戟交叉護衛的士兵立即刺向專諸的胸膛。專諸的胸膛被刺穿了，但專諸的匕首仍然刺向王僚，貫穿他的三重鎧甲，從後背透了出來。王僚死後，左右衛兵一起殺死了專諸，堂上亂成一團。公子光立即發出命令，地下室中的伏兵一湧而出，王僚的親信和衛兵被全部徹底地殲滅。

公子光於是自立為王，號為「闔閭」（又稱「闔廬」）。並獎賞專諸之子，任命他為客卿。

季札出使國外回來，聞此巨變，就說：「只要先祖還能祭祀，百姓能有領袖，社稷有人主持，這就是我的君主。吾能責備誰？同情死者，侍奉生者，順其自然。不是我生的亂子，兄弟相傳不立長，那是前人定下的規矩。」他先到王僚墓前覆命，然後痛哭一場，以示哀悼。然後回到朝廷上自己的職位上，等待闔閭的指示。

吳公子燭庸、蓋餘二人帶兵圍楚二城，聽說公子光殺死王僚並自立為王，就帶兵投降楚國。楚國把他倆封在舒地。

吳王闔閭的篡權行動終於成功了。

參考文獻

1. 《左傳》昭公二十七年
2. 《史記‧吳太伯世家》
3. 《史記‧刺客列傳》
4. 《吳越春秋》
5. 《新序‧節士篇》

09 伍員慘死浮江

《惜往日》云：「吳信讒而弗味兮，子胥死而後憂。」

《悲回風》云：「浮江淮而入淮兮，從子胥而自適。」

伍員，又名伍子胥，本楚國大臣伍奢之子。楚平王聽信奸臣讒言，害死伍奢及其長子伍尚，並派人追捕伍子胥。伍子胥被迫逃亡，最後逃到吳國，幫助吳王闔廬，壯大國力。經過幾年籌備，於闔廬九年，伍子胥同孫子一起率領吳兵，攻入楚國郢都。楚平王已死，楚昭王出奔，伍子胥便挖掘楚平王之墓，搬出其屍，鞭之三百，以報父仇。儘管由於申包胥哭秦庭，求得秦國出兵援救。吳兵被迫退出楚國，但此時的吳國，西破強楚，北威齊晉，南服越人，名聲大振，成為春秋一霸。

一、助立夫差

後來，吳國內部出現了問題。當時吳太子因病而死，闔廬與近臣商議選擇幾位公子中可以立為太子的人選，一時沒有定論。闔廬的另一兒子夫差日夜求伍子胥，說：「大王要立太子，非我誰可勝任？這件事的成敗只在您身上。」伍子胥說：「太子一事還未確定，我進去就能決定了。」

不久，闔廬召見伍子胥，商量立太子之事。子胥說：「我聽說國家的祭祀，廢在絕後，興在有繼承人。如今太子已經不在，早已不能侍候在您的左右。現在大王要立太子，我看最合適的就是夫差。」闔廬說：「夫差這孩子愚蠢又不講仁義，恐怕不能領導整個吳國。」子胥說：「夫差待人忠信，守節端莊，敦於禮義。另外，父死子代，天經地義。」闔廬說：「我聽你的。」

幾年之後，吳兵伐越，越王句踐奮起反擊，在姑蘇一帶打敗了吳兵，而且在戰鬥中，越國的一位將軍用戈砍傷了闔廬的一個大腳指，還奪取了他的一隻鞋。吳軍退卻，退到陘地時，闔廬創傷發作。闔廬臨死時對夫差說：「你會忘掉句踐殺害了你的父親嗎？」夫差回答說：「不敢忘！」當天晚上，闔廬病逝。

二、君臣矛盾

　　夫差繼位成為吳王之後，任命伯嚭為太宰，加強軍事訓練。二年以後，發兵討伐越國，在夫湫之地打敗了越國。越王句踐就帶剩餘的五千餘人守在會稽之上，派大夫文種用重金賄賂吳國太宰伯嚭，請求停戰，並表示自己願意作吳王的臣僕。由於伯嚭的讒言，吳王將要答應越王的這個要求。伍子胥勸諫說：「越王為人能吃苦，現在大王不滅了他，以後一定會後悔的。」吳王不聽，還是採納了太宰伯嚭的計策，與越王簽訂了和約。

　　其後五年，吳王聽說齊景公死後大臣們爭寵，新君軟弱，於是興兵北伐齊國。伍子胥勸諫說：「句踐臥薪嚐膽，弔唁死者，慰問病者，凝聚人心，必有所圖。此人不死，必定成為吳國的後患。現在吳國有越國這個敵國，就好像人有腹心病患。而大王不先解決越國這個隱患，卻要去打齊國，不是錯誤嗎？」吳王不聽，還是派兵攻打齊國，在艾陵地區大敗齊軍。後來又脅迫鄒、魯兩國，威名大振，回國後就更加疏遠伍子胥，不聽他的建議了

　　其後四年，吳王又將到北方攻打齊國，越王句踐採用子貢的計謀，率領他的部下前來幫助吳軍，朝廷上下均有賄賂，特別是把很貴重的寶貝送給太宰伯嚭。太宰伯嚭既然多次接受了越王的賄賂，就更加喜歡和相信越王，日夜在吳王跟前為越王說好話。吳王相信並採用了伯嚭的計策。伍子胥看到這種局面十分害怕，又勸諫夫差說：「越國，與咱們吳國地界相連，且對我國有所圖謀，他們現在服軟，是為了實現他們的企圖，因此他們才是吳國的心腹之患。現在您相信了越王的虛浮言辭和狡詐虛偽，企圖去攻打齊國。攻破齊國，就好像得到一塊亂石之地，沒有什麼用處。越國不滅，吳國必亡。《盤庚之誥》上說：『如有狂亂不聽命者，就要割絕之，不能留下他的後代，不要讓他延種於此地。』這就是商朝興旺的原因。現在您違背了這一點，還要追求霸業，不也很難嗎？請大王放棄齊國，而先考慮消滅越國。如若不然，您將後悔不及。」吳王不聽，還派子胥出使齊國。伍子胥完成使命臨回國時，對他的兒子說：「我多次勸諫大王，大王不採用，我現在看到吳國將來滅亡了。你與吳國一起滅亡，沒有好處。」於是叮囑他的兒子留在齊國的鮑牧之地，自己回來覆命。

　　吳王伐齊回國，責備子胥說：「先王西攻楚國，你也許出過力。現在你老邁

昏聵，不守本分，屢出詐計，亂我法度，還想用妖孽之計挫傷我軍。幸虧上天同情，齊兵受降。我哪裡敢自誇其功，那是先王的遺德、神靈的保佑。像你，對吳國又出過什麼力啊？」伍子胥生氣地說：「從前，先王跟前有不忠之臣，先王能識破他們的詭計，所以沒有陷於大難。現在大王放棄國家的心腹之患，這不是霸王之業。大王如果覺悟，吳國還能世代相傳；如果不覺悟，吳國的前途就很短促了」吳王大怒，說：「老臣多詐，是吳國的妖孽。你想專權擅威，滅我吳國。我因為先王的緣故，不忍心執行刑法。現在你回家去吧，不要再阻撓吳國的計畫了。」

三、伯嚭進讒

吳國太宰伯嚭既與伍子胥有了隔閡，就在吳王跟前說他的壞話：「子胥為人剛強暴躁，不知報恩，偏多猜忌，他對您的怨恨，恐怕要成為很深的禍患。前些日子，大王想攻打齊國，子胥以為不可，結果大王伐齊有功，子胥因為他的計謀沒被採用而感到可恥，就產生了怨懟之心。現在大王又要攻打齊國，子胥剛愎強諫，百般詆毀，只是希望吳國失敗，從而證明他的計謀是正確的罷了。現在大王親自出征，國中所有武力都前往攻打齊國，而子胥勸諫不成，裝病，不一同前往，大王對此不能不有所準備。他要起事其實並不難。另外，我派人一直暗中跟蹤他，他出使齊國時，還讓他的兒子留在齊國。作為人臣，國內不得意，就外靠諸侯，又自以為是先王的謀臣，今不被重用，心中產生不滿之意。請大王早早解決他。」

四、賜死伍員

吳王說：「沒有你的話，我也已經懷疑他。」於是派使者賜給伍子胥一柄屬鏤之劍，並說：「你就用這把劍自殺吧。」伍子胥仰天長歎說：「啊！讒臣伯嚭要作亂了，大王反而要殺我。我讓您的父親成就了霸王之業，在您沒有立為太子時，幾個公子爭搶這個位置，我在先王跟前拼死為您爭取，差一點沒有成功。您立為太子後，曾想分吳國一半給我，我未存有這種希望。然而，今天您聽信讒諛之臣的話，竟然殺害長輩！」於是他對自己的門客們說：「我死之後，一定要用棺材裝殮我，把我的眼睛挖出來，懸掛在吳國東城門之上，我要看著越國侵略者

是怎樣殺入城中滅亡吳國的。」說畢就拔劍自殺。

吳王夫差聽到伍子胥臨死前的話後大怒，讓人將伍子胥的屍體取來，砍下他的頭顱，懸掛在城樓之上，又用馬皮裹起伍子胥的軀體，扔到長江之中，他說：「讓日月烤你的肉，讓飄風吹你的眼，讓陽光燒你的骨，讓魚鱉吃你的肉！你的骨頭都變成灰了，還看見什麼？」伍子胥的無頭屍體隨著水流和波浪，隨著潮漲潮落，上下漂蕩，衝擊江岸。吳國的百姓同情他，為他在江邊建了一座祠廟，並將那座山稱作「胥山」。

1.《史記‧伍子胥列傳》

2.《史記‧吳太伯世家》

3.《左傳》昭公至哀公

4.《吳越春秋》

IO 包胥哭庭救國

《九辯》云：「竊美申包胥之氣盛兮，恐時世之不固。」

一、兩友相約

申包胥，春秋時楚國大夫，姓公孫，名包胥。本來，他與伍子胥是莫逆之交。伍子胥遭到楚王迫害，流亡奔宋路上，正好遇上申包胥。他對申包胥說：「楚王殺我父兄，你說怎麼辦好？」申包胥回答說：「啊，我如果要教你報復楚王，那就是不忠；如果要你不報這個仇，那就是沒有親情。你就做你想做的事吧，我不能說什麼了。」伍子胥說：「我聽說，殺父之仇不共戴天履地；殺兄之仇不能同域接壤；殺友之仇不與鄰鄉共里。現在我將報復楚國，用以昭雪殺父殺兄之恥。」申包胥說：「你能讓他滅亡，我能讓他保存；你能讓他危險，我能讓他安定。」說完，申包胥就與伍子胥分道揚鑣，各自離去。

二、伍員復仇

伍子胥後來逃到吳國，贏得了吳王闔閭的信任，振興吳國，擴充軍力。楚昭王十年冬，吳王闔閭、伍子胥、伯嚭率領部隊與唐、蔡兩國一起攻打楚國。柏舉一戰，楚兵大敗，昭王出奔。吳兵於是攻入郢都，大肆燒殺搶掠。找不到楚昭王，伍子胥就讓人挖開楚平王的墳墓，揪出平王的屍體，一連抽了三百鞭，左腳踩著平王屍體的腹部，右手挖了平王的眼睛，還諷刺說：「誰讓你聽信讒諛的話，殺我父兄的？我父兄難道不冤嗎？」接著，他讓闔閭強姦了楚昭王的妻子，自己和孫武、白喜強姦了楚權臣子常、司馬成等人的妻子，用此污辱楚國的君臣。

三、包胥哭庭

事出突然，申包胥聞訊之後，還沒有得到楚王的命令，就毅然矯詔奔往秦國，乞求救兵。他晝夜兼程，腳腫趾裂，就將衣裳撕成布條裹腿，堅持跋涉，趕到秦國。他對秦國大臣說：「吳國的一系列無道之行，就像大豬長蛇一樣的

兇惡。吳國要蠶食天下，必然要從大國入手，首先就是我們楚國。現在，我們楚國京城陷落，國君流亡在外，派我向貴國告急。我們國君說：『吳國，是個不開化的國家。不開化的國家往往貪得無厭，滅了楚國就會往西與貴國接壤。如果吳國與貴國為鄰，那就必然會是一大禍患。應該趁吳國在楚國腳跟未穩之際，貴國應該有所考慮。我們楚國如果能得到貴國的援助，保存楚國的根基，那麼就會世世代代與貴國交好。』」秦伯聽了彙報後就讓人推辭說：「我們的國君知道了您的意思，您就先在館舍住下吧，我們考慮之後再告訴您結論。」申包胥回答說：「我的國君流亡在草莽之中，還沒有得到一個休息的地方，我哪敢舒舒服服地在館舍休息呢？」

申包胥說完，就跑到秦朝宮庭的牆外站著哭泣，日夜不停，滴水不入，一連七天七夜。秦哀公聞訊，十分感動，流著眼淚說：「楚國有這樣的忠良賢臣，吳國還想消滅他？我沒有這樣的忠良賢臣，大概快要滅亡了吧。」說完，他召見申包胥，嘴裡哼起了《秦風‧無衣》：「豈曰無衣，與子同袍。王與興師，修我戈矛，與子同仇！……」春秋後期大興賦詩斷章之風，秦哀公這是表明要出兵救楚了，申包胥明白秦哀公的意思，所以秦伯吟一章詩他就磕三個頭。《無衣》共三章，因此申包胥一連磕了九個頭。

四、功成拒賞

申包胥率領秦國的援兵來到楚國。楚國也將打敗後的散兵游勇集合到一起，準備與吳兵最後決一死戰。秦大夫子滿、子虎統帥五百輛戰車奉命救楚。子滿說：「我不熟悉吳國的用兵之道。」因此，他讓楚兵先與吳兵交戰，趁楚吳相爭，勝敗難分之際，就突然出兵，在稷地大敗吳兵。吳王闔閭的弟弟夫概見吳王兵敗受傷，就偷偷潛回吳國，自立為王。闔閭聞訊，立即領兵殺回。楚國因此得以保存。

楚昭王帶兵回到京城郢都，恢復治國秩序。他開始獎賞有功之臣，頭一個就是申包胥。申包胥說：「輔助君王，安定國家，不是為了自己；挽救危亡，剷除

禍害，不是為了名利。功成受賞，這是沽名釣譽。君王已經安定，我還有什麼要求？」於是。逃離京城，終身不見。

1. 《吳越春秋》

2. 劉向《新序‧節士篇》

3. 《史記‧楚世家》

4. 《左傳》定公五年

11 接輿戲勸孔子

《涉江》云：「接輿髡首兮，桑扈祼行。」

接輿，姓陸，名通，字接輿，與孔子同時。他本是楚國一位很有才幹的人，因為看不慣社會上那些黑暗不公之事，所以一天到晚不修邊幅，開始只是披頭散髮，後來乾脆把頭髮全部剃去，然後假裝精神失常，瘋瘋顛顛，胡言亂語。

孔子到楚國去，剛進旅舍，尚未休息，只見接輿跑到旅舍門前，手舞足蹈，嘴裡唱道：

鳳兮鳳兮，　何德之衰！

往者不可諫，來者猶可追。

已而已而，　今之從政者殆而！

意思是說：孔子啊，孔子啊，你是多麼倒楣！以前為要當官而做周遊列國這種蠢事，已不能追回；但以後的行為，我還可勸諫。算了吧，算了吧，現在參政很危險啊！

孔子聽到這幾句歌聲，便從廳堂中走出來，想同接輿交談交談。可是，接輿一見孔子出來，馬上抽身離開，不願與孔子見面。孔子未能與接輿說上話。

後來，楚王知道接輿本是個十分有本事的人，就派人帶了二千兩黃金和兩輛馬車來聘請接輿，要請他出來作官。接輿得到這個消息後，立即帶上妻子，背著一些簡單的行李就離家遠去，在山山水水之間漫遊，最後不知去了哪裡。

參考文獻

1.《論語・微子篇》

2.《莊子・逍遙遊》

3.《莊子・人世間》

12 伯樂太行相馬

《懷沙》云：「伯樂既沒，驥焉程兮。」

《悲回風》云：「無伯樂之善相兮，今誰使乎譽之？」

伯樂，是春秋秦穆公時期一個善於相馬的人。古代流傳下他的不少奇聞軼事。

伯樂的名聲很大。一天，有位客人找到伯樂說：「我有一匹駿馬想賣，在市場上站了三天，但沒有一個顧客。我想請您去看一看，我會給您一天的勞務費。」伯樂走到市場上，圍著那匹馬轉了幾圈，不斷地打量這匹馬，最後離開走去，但又回頭看了看那匹馬，微微露出戀戀不捨之意。就這一下子，那匹馬的價格一天之內就上漲了十倍。

伯樂教人相馬是有考慮的。對自己所不喜歡的人，就教他學會相千里馬；對自己所喜愛的人，就教他學會相一般的馬。因為千里馬難得遇到一匹，所以獲利很慢；而一般的馬很容易得到，所以獲利很快。

有一匹千里馬剛剛長大，就讓人逼著去駕著一輛沉重的鹽車往太行山上拉。它蹄子乍開，膝蓋彎曲，尾巴上、皮膚上都沾滿了污泥，身上的汗水像水一樣地往下流淌。走到中阪，這匹馬好像走不動了，駕著轅，上不去，一直拖延著時間。伯樂正好經過這裡，見此情景，他走下車來，摸著千里馬大哭起來，同時解下身上的麻布衣服，蓋在千里馬的身上。千里馬先是低下頭來打了個噴嚏，然後仰起頭長鳴一聲，那聲音，十分響亮，直沖雲霄，猶如金石相擊之聲。馬通人性。這匹馬看到伯樂瞭解自己，知道自己不是拉車的駑馬，所以十分感動。

伯樂寫過一本《相馬經》，上邊寫到千里馬的外型特徵是：「隆顙跌目，蹄如累麴。」意思是說，千里馬一般是腦門子突出，眼睛鼓起，蹄子好像蠶繭。他的兒子拿著這本《相馬經》去找好馬。出門看見一隻癩蛤蟆，正好是腦門子突出，眼睛鼓起，就立即回家對他的父親說：「我找到了一匹好馬，略與《相馬經》上寫的相同，只是蹄子不像蠶繭罷了。」伯樂出門一看，原來是只

癩蛤蟆，就知道他的兒子太愚蠢，但想了一下之後，不再發怒，反而笑著說：「這匹『馬』喜歡跳，不能勝任駕轅拉東西。」後人由此創造了一個成語，叫「按圖索驥」。

1.《戰國策‧楚策》

2.《戰國策‧燕策》

3.《韓非子‧說林下》

13 西施復活泛湖

《惜往日》云:「雖有西施之美容兮,讒妒入以自代。」

一、入選

西施,春秋時越國美女,本是越國苧羅山地區一個賣柴人家的女兒。

越王句踐三年時,越國被吳王夫差所打敗。句踐為保全越國,忍辱入臣於吳。句踐六年,蒙夫差赦免,他返回越國,苦身焦思,臥薪嚐膽,親自耕作,夫人自織;禮賢下士,厚遇賓客,賑濟貧困,弔唁死者,努力收攏民心。他想讓范蠡治理國政,范蠡說:「外交、征伐一類事,文種不如我;而治理國家,撫慰百姓,我不如文種。」於是句踐把治理國政之事,交給文種;而派范蠡與大夫柘稽負責外交事務,作為人質,出使吳國,兩年以後才歸國。

十二年時,句踐還是日夜考慮伐吳復仇。一天,他對文種說:「我聽說吳王淫而好色,沉湎其中,不再專心於治理國家,因此,我們可以謀劃復仇嗎?」文種回答說:「可以。既然吳王夫差淫而好色,宰嚭奸佞貪心,我們就給他們送美女過去,他們一定會接受的。請大王現在就選擇兩個美女吧。」於是,句踐就派人在全國選美,最後在苧羅山地區找到賣柴人家的兩個女兒,一人叫西施,一個叫鄭旦。

這兩位美女來自鄉野,儘管美麗,但畢竟過於純樸,不懂宮庭禮數,因此就給她們換上華麗的服飾,專門派人教導禮儀規矩和言行舉止。既在院內訓練,還到城中街巷去耳濡目染,於是氣質思想猶如脫胎換骨,前後長達三年。據說就在這三年之中,負責外交事務,將來要奉命將西施送往吳國的范蠡就與西施有了曖昧關係,兩人甚至還有了一個兒子。

二、潛吳

三年之後,句踐派相國范蠡將西施、鄭旦這兩位美女送到吳國。范蠡對夫差說:「越王句踐找到了兩位美女,戰敗之國,不敢留下,就派我將她們送來

獻給大王。大王如果不嫌她們粗疏醜陋，就讓她們侍候您寢臥衣食吧。」吳王夫差十分高興，說：「越國送來兩位美女，證明句踐對吳國還是很有忠心的嘛。」伍子胥勸諫說：「不可以。大王千萬不能接受啊！我聽說五色令人目盲，五音令人耳聾。從前，夏桀放了商湯導致最後滅亡；殷紂放了文王也導致最後滅亡。大王如果接受了這兩位美女，今後必定會有災殃。我還聽說越王現在朝夕苦讀，手不釋卷，另外還招募了幾萬敢死勇士，此人不死，必會復仇。還聽說越王實行仁政，廣開言路，禮賢下士，此人不死，必成氣候。還聽說越王夏天穿皮衣，冬天穿單衫，歷受苦難，磨練心志，此人不死，必成對手。人說賢士是國家的寶貝，美女是國家的禍水。夏朝因為妹嬉而滅亡，商朝因為妲己而滅亡，周朝因為褒姒而滅亡！」吳王不聽伍子胥的勸諫，還是接受了西施和鄭旦這兩個美女。

西施進入吳王的館娃宮中，自然引得夫差神魂顛倒，不理朝政，任由奸臣宰嚭胡作非為。夫差沉湎女色，喜聽讒言，最後竟然將諍臣伍子胥逼死，還剜出他的雙眼，將他的屍體裝入皮口袋中拋入江中。越王句踐聽說這些，連聲說好。

幾年之後，越王率兵攻打吳國。此時的吳國，由於夫差長期不理朝政，早已國窮民疲，部隊精銳，大半死滅，故而一戰即潰。越王不接受吳國求降要求，於是夫差自殺，伯嚭受戮，吳國徹底滅亡，句踐終於報了當年會稽之恥。

三、泛湖

據《吳越春秋‧佚文》說，吳亡之後，越王句踐下令將西施裝入皮口袋，然後拋進江中活活淹死。而同是記載越國史事的《越絕書》卻載曰：「西施亡吳，後復歸范蠡，同泛五湖而去。」二者矛盾，此該如何解釋？

其實，吳國滅亡之時，范蠡已經身居「上將軍」之高位，可謂「一人之下，萬人之上」，再加上他那善施陰謀的頭腦，用個「掉包計」換下西施，那簡直是雕蟲小技。

滅吳之後，句踐趁勝北渡，兵臨齊、晉，號令中國，以尊周室，成為春秋又一霸主。回到越國不久，范蠡給越王句踐寫了一封辭職信，信中寫道：「我聽說主憂臣勞，主辱臣死。當年，大王受辱於會稽，我就該死，之所以沒死，是為了復仇。現在既然已經復仇，我請大王處死我。」句踐說：「如果你留下，我將

把一半國土封賞給你；如果你要走，我就要殺掉你！」范蠡說：「大王您施行法令，我要按照自己的意志做事。」很快，他就離開越國，浮海而去。

　　范蠡功成身退，一是因為他看透了句踐其人，只能共患難，不可同富貴，他在給文種的信中寫道：「飛鳥盡，良弓藏；狡兔死，走狗烹。越王為人，長頸鳥喙，可與共患難，不可同歡樂。你為什麼不趕快離開？」第二個原因恐怕就是為西施了。西施是自己當年的情人，他作為「上將軍」，理應保護，也完全可以保護。但畢竟是違法之舉，所以他必須儘快離開越國才可安全。有人說當年范蠡是孤身一人逃離越國的，其實並不對，《史記・越王句踐世家》明載道：范蠡當年「乃裝其輕寶珠玉，自與其私徒屬乘舟浮海以行，終不返。」「其私徒屬」四字中「私」字，含義頗值得玩味，因為在他遞交辭職信之後，句踐當即說出了「不然將加誅於子」那明確的話，他的家人此時肯定已在監控之中，所以這個「私」字顯然不包括范蠡自己的家人。那麼這個「私」屬還能有誰呢？還有，傳說西施被句踐處「隨鴟夷」以「浮江」之極刑，而范蠡到齊國後改名為「鴟夷子皮」，二者相同，恐怕並不完全是巧合。

1.《史記・越王句踐世家》

2.《吳越春秋・句踐陰謀外傳》

3.《國語・越語下》

4.《越絕書》

第三編　虛擬故事

甲卷　祭堂故事

0I　上皇駕臨祭堂

明．蕭雲從繪

疏緩節兮安歌，陳竽瑟兮浩倡。

古代，在長江流域和沅湘之間，巫風大盛，每到祭祀時，總有一些能歌善舞的男男女女，扮演主祭和群巫，連唱帶跳，娛樂諸神，也抒發著自己壓抑很久的感情，因此，那些所謂的祭祀，活像在演出一場又一場原始的關於人神戀愛的歌舞劇。其中，祭祀東皇太一的儀式，尤其隆重熱烈。

在飾演上皇的主祭尚未升座之前，祭堂內鼓聲大作，幾乎震耳欲聾，一群身著鮮麗服飾的青年女子隨著音樂的節拍，翩翩起舞。祭堂內香煙繚繞，氣氛熱烈。就在歡歌曼舞的高潮之際，突然，在一聲響亮的鑼聲之後，所有樂聲和舞蹈暫停休止，堂內萬籟俱寂。舞女們整齊地分列兩旁，彎腰鞠躬，恭迎上皇的駕臨。在人們屏住呼吸，引頸期盼的時刻，飾演上皇的主祭閃亮登場。他臉色莊重，表情嚴肅，左手叉腰，右手緊握著一柄飾有精美玉環的寶劍。他邁著方步，腰間各種佩飾叮噹作響。在巡視全場一圈之後，他健步登上安放在祭堂正中的高高神壇，再次轉身亮相，目光掃畢全場一眾人等，便穩穩地坐到披著獸皮的神座之上。神座安放在用瑤草編成的席子之上，四角均有美玉鎮著，周圍還擺著成把成把的白色花朵。堂側一群女巫齊聲高唱道：

> 吉日兮良辰，　穆將愉兮上皇。
> 撫長劍兮玉珥，璆將鳴兮琳琅。

一陣悠揚的弦樂聲中，盛裝的姑娘們列隊跳舞上場，按先後次序，或端上蘭草墊底並用蕙草薰製而成的牛肉羊肉，或恭恭敬敬地獻上桂花美酒和各種各樣的飲料。

一位鼓師舉起玉槌慢慢地敲起大鼓。隨著這緩慢的節拍，所有樂器一齊奏響起來，祭堂內的合唱隊也大聲歌唱起來：

> 瑤席兮玉鎮，　盍將把兮瓊芳。
> 蕙肴蒸兮蘭藉，奠桂酒兮椒漿。
> 揚枹兮拊鼓，　疏緩節兮安歌，
> 陳竽瑟兮浩唱。

隨著歡快的音樂，那群身穿豔麗服裝的姑娘們頓時跳起熱烈的舞蹈。她們手

捧鮮花，香氣撲鼻，溢滿整個祭堂。此時，宮、商、角、徵、羽，五音大作，響徹屋宇。歌女們大聲唱道：

> 靈偃蹇兮姣服，芳菲菲兮滿堂。
> 五音紛兮繁會，君欣欣兮樂康。

狂熱的歌舞氣氛之中，端坐神壇之上的上皇，臉上終於露出了滿意的微笑。祭堂內外的人們紛紛跪下，齊聲高呼：「萬壽無疆！萬壽無疆！」

 故事來源

《九歌‧東皇太一》

02 雲神遺情遠逝

明・蕭雲從繪

龍駕兮帝服，聊翱游兮周章。

　　祭祀雲神的儀式十分吸引人。悠揚動聽的弦樂聲中，一位女巫豔麗登場，彷彿雲神從天而降。她渾身散發出一種芬芳的氣味，顯然是剛剛沐浴並噴上了香水。她身上色彩斑斕的衣服彷彿鮮花一樣，又像隨風飄來的一大朵彩雲。隨著音樂的節奏，她的身體舒曲回環地輕輕蠕動，獨舞一陣之後，她慢慢停止，轉過臉來，容光煥發，充滿生機。這是一個十分優美的特寫鏡頭：雲中女神安然快樂地出現在祭堂之中，光彩動人，堪與日月齊光。這個鏡頭，吸引了眾多男士的目光。

　　樂聲驟然停止，祭堂兩側的男巫們朗聲讚美道：

浴蘭湯兮沐芳，華采衣兮若英。
靈連蜷兮既留，爛昭昭兮未央。
寒將憺兮壽宮，與日月兮齊光。

讚美聲中，流露出了眾多男士對這位美女的熱烈愛慕之情。誦詩聲剛停，樂聲又起，弦樂，鼓樂，擊打樂，等等，同時大作，匯合成一支氣勢磅礴的合奏曲。

　　雲中女神乘著龍車，身穿彩服，圍著祭堂，逍遙周遊。時而向前，時而往後；時而向左，時而往右；時而上躍，時而落下，疾風勁吹之際，天上的雲彩四處飄蕩，變化莫測。最後，她翹首遠眺，似乎不僅看到了廣袤的中原大地，還越過四海，望向無窮的天際。望著望著，她驀地一躍，瞬間遠逝。

　　男巫們高聲唱道：

龍駕兮帝服，　聊翱游兮周章。
靈皇皇兮既降，猋遠舉兮雲中。
覽冀州兮有餘，橫四海兮焉窮。

　　雲中女神一下消失，磅礴樂聲也漸漸式微，最後只剩下一支竹簫在嗚咽。一位男巫仰望天空，神色黯淡地輕聲唱道：

思夫君兮太息，極勞心兮忡忡。

簫聲，越來越低，猶如空中一縷雲彩，漸漸飄遠，越來越淡，越來越淡……

　　《九歌·雲中君》

03 夫人追蹤湘君

望夫君兮未來，吹參差兮誰思？

　　傳說，當年大舜南行，死於蒼梧；娥皇女英，二妃追蹤，未及會面，溺於湘水。這一齣十分淒美而又動人的愛情悲劇，在湘西民間廣為流傳，也成為了民眾祭祀的重要內容。娥皇女英的亡靈，在民間傳說中化身成為「湘夫人」；大舜的亡靈則化為「湘君」。祭祀過程中，有時湘夫人為主角，有時湘君為主角。

　　祭祀湘夫人時，在一陣悠揚悅耳的樂曲聲中，一位美麗的女巫閃亮登場。大約她與湘君曾相約會面。湘夫人按時到達了約定的會面地點，等了很長時間，卻一直等不來湘君。湘夫人心裡猜疑不定，心裡想道：湘君猶豫不前來，究竟為誰留在小島上？她皺著秀眉，望著遠方，一邊輕聲唱道：

　　　君不行兮夷猶，蹇誰留兮中洲？

　　一等不來，二等不來，湘夫人決定不再等待，她把自己打扮好，做出駕起一條桂船南去相迎的動作。湘夫人一邊划船，一邊唱道：

　　　美要眇兮宜修，沛吾乘兮桂舟。
　　　令沅湘兮無波，使江水兮安流！

不知何處何人吹起簫管，聲音低幽，分外淒涼，似乎是在思念什麼人。

　　就在此時，一位英俊的飾演湘君的男巫悄然登場，也作著划船前行的舞蹈動作，彷彿湘君也正在趕往約定的地點。他邊舞邊唱道：

　　　駕飛龍兮北征，邅吾道兮洞庭。
　　　薜荔柏兮蕙綢，蓀橈兮蘭旌。
　　　望涔陽兮極浦，橫大江兮揚靈。

歌聲是說：他乘著龍船往北行駛，扭轉航道划向洞庭。為著計畫中的幸福會面，湘君把這條船裝飾得相當好看，他用蕙草把薜荔捆在艙壁上，又把蓀莖香草捆在船橈四周，一束蘭草插在橈頂迎風飄揚。湘君佇立在船頭，朝著涔陽方向那遙遠的水邊深情地凝望，龍舟斬風劈浪橫渡大江，顯示著主人對心上人的一片精誠。

　　湘君一片精誠，但是未能按時到達，引得湘夫人眼淚汪汪不斷流淌，痛切思念，心中憂傷。侍女在旁看在眼裡，內心十分同情，不禁長聲歎息。為了讓湘夫人早點見到自己的心上人，船夫們用桂板作槳，木蘭作舵，劈開航道，雪浪翻

滾。在主祭女巫跳躍舞蹈的同時，祭堂旁邊的一位女巫在用歌聲描摹著湘夫人此時的心境，她唱道：

> 揚靈兮未極，　女嬋媛兮為余太息。
> 橫流涕兮潺湲，隱思君兮悱側！
> 桂棹兮蘭枻，　斲冰兮積雪。

船兒在前行，眼兒在眺望。但是除了空曠的天際和不息的水流，始終不見心上人的蹤影，夫人心中不禁更加傷心。此時，祭堂兩側群巫唱道：

> 采薜荔兮水中，搴芙蓉兮木末；
> 心不同兮媒勞，恩不甚兮輕絕。

旁觀者清。湘夫人還沉浸在感情的旋渦之中不能自拔，而旁觀的人們看得很清楚：薜荔緣木，但有人卻要去水中採摘；芙蓉在水，但有人卻要去樹梢上尋找。言外之意，說這是一段沒有結果的愛情。而其本質則是：兩心不同，媒人徒勞；恩情不深，容易斷裂。

同一時間，不同地點。湘君仍然佇立船頭，凝望著前方，也是除了空曠的天際和不息的水流，始終不見心上人的蹤影。他也開始有了疑惑，臉上露出懷疑迷茫的神情。旁邊一個男巫低聲唱道：

> 石瀨兮淺淺，　飛龍兮翩翩。
> 交不忠兮怨長，期不信兮告余以不閒。

湘夫人乘的是「桂舟」，乘坐「飛龍」的自然是湘君。湘夫人在懷疑，湘君也在懷疑，這就印證了上文所唱的「恩不甚兮輕絕」。

湘夫人，早晨奔走在江邊，晚上停留於北渚。她最後趕到了湘君的居住地，不見一個人影，只見群鳥棲息在屋頂之上，流水環繞在廳堂之下。祭堂旁群巫歌唱，描述湘夫人眼前的情景：

> 朝騁騖兮江皋，夕弭節兮北渚。
> 鳥次兮屋上，　水周兮堂下。

又餓又累，又氣又怨，湘夫人把意為決裂的玉玦撇在江中，又把玉佩扔在澧水旁邊。她在路過芳洲時採摘了一把杜若草，原準備送給自己的心上人，這時她隨手丟給了身旁的侍女。可是，心中又一想，良緣一失不會復返，姑且徘徊再等等吧。一位女巫的獨唱道出了湘夫人的心意：

> 捐余玦兮江中，遺余佩兮澧浦。
>
> 采芳洲兮杜若，將以遺兮下女。
>
> 時不可兮再得，聊逍遙兮容與。

從熱烈的愛到刻骨的恨，這種強烈的逆反心理，恰恰表現了青年男女戀愛過程中的複雜情懷。

故事來源

《九章・湘君》

04 湘君苦等夫人

湘君與湘夫人相約會面。聽說夫人已經降臨北渚之上，但是他久望不見，心中很是愁苦。洞庭湖畔，秋風陣陣，涼意浸人，落葉紛飛，波濤洶湧。

由於望而不見，等而不到，湘君十分煩躁，站在白蘋地上再次朝遠處眺望。想起曾經相約黃昏時分把帳幔掛起，而現在空等一場，簡直像小鳥飛進水草、魚網掛到樹梢之上一樣。

湘君輕聲吟唱道：「沅江香茝澧水蘭，我愛你啊不敢說。」沅江香茝，澧水蘭花，均為芳香之物，湘君用此比喻湘夫人，比喻自己對夫人的愛戀之情。但是，他不能說出口來，淚眼迷茫，恍恍惚惚，遠處淼淼，流水潺潺。

正在絕望之際，突然，湘君看到麋鹿在院中吃食，看到蛟龍在水邊出現，心想，這是為什麼？難道是個美好的徵兆嗎？難道是夫人的使者嗎？絕望深處產生希望，湘君早晨策馬馳騁江邊，傍晚渡水安然抵達西岸，耳邊彷彿聽到夫人在召喚，急忙拉上使者一起走。

麋鹿、蛟龍的出現，帶來了希望，當然也帶來了想像。湘君滿腔熱情地設計著未來的美好生活。他願在洞庭湖中築個房子，採來荷葉鋪在屋頂之上；他用蓀草裝飾牆壁，把貝殼鋪在院中，還在滿堂之中佈撒香椒；用桂木製作房樑，用木蘭造成屋椽，蕙草製成的隔扇分列排開；潔白的玉石用於鎮壓竹席，牆邊擺放著一盆一盆散發出芬芳氣味的石蘭花。屋外，荷葉屋頂，綴有香芷，四周再繞上杜衡草；院中還栽滿了各種香草，芬芳四溢，飄出廊門之外。聽說夫人即將到來，九嶷仙女一齊出迎，多如彩雲滿天飄蕩。

想像多麼美好，但很快，夢醒了，眼前仍然是嫋嫋秋風和洞庭落葉。於是，湘君傷心至極，就把夫人過去送給他的短襖、汗衫通通扔到水裡，把從汀洲之上採來、原準備贈給夫人的香草，隨手送給身邊的客人們。這種貌似激烈

的仇恨之舉，表現的恰恰正是刻骨相思的逆反心理。所以，發洩一陣之後，他又開始踟躕躊躇起來，心想，良機不能很快就來，姑且徘徊繼續等待。

故事來源

　　《九歌‧湘夫人》

05 司命膽怯拒愛

明·蕭雲從繪

折疏麻兮瑤華，將以遺兮離居。

　　莊嚴肅穆的祭堂裡，一陣洪亮的鼓聲之後，飾演大司命的青年祭師閃亮登場。他頭戴帽纓低垂的獬冠，身著絳紅色的長袍，腰間玉飾叮噹作響。他一邊踱著方步，一邊甩著寬大的衣袖，擺足了架子。鼓樂聲中，祭師邁著方步走到祭壇中央，站定，轉身，做出揮手致意的造型，開口唱道：

> 廣開兮天門，　紛吾乘兮玄雲。
> 令飄風兮先驅，使凍雨兮灑塵。

他，嗓音清脆，目光炯炯，渾身洋溢著一股濃烈的陽剛之氣。

　　一位頭戴鮮豔花環的少女，一直死死盯著這位年青的充滿活力的祭師。她被他的魅力深深吸引，不禁呆了，楞了，傻了。祭師走向東方，她跟著走向東方；祭師踱往西方，她也情不自禁地移往西方。祭師又走回高高的祭壇，面南立定，大聲唱道：

> 君回翔兮以下，逾空桑兮從女。
> 紛總總兮九州，何壽夭兮在予！
> 高飛兮安翔，　乘清氣兮御陰陽。

他引吭高歌，躊躇滿志，目光投向遠方，右手用力揮出，那氣勢，彷彿豪傑重生，英雄再世。姑娘更癡情了，好像魂魄都被他吸走了。

　　儀式告一段落，年輕的祭師走下神壇，轉入後堂，正要離去。那位頭戴花環的姑娘追了上來，動情地說：「我願與你一起走，你到哪兒，我也就到哪兒！」

　　剛才還是一位硬漢子的祭師，這時居然有點害怕了。他躲躲閃閃，連連後退，企圖逃跑。誰知癡情的姑娘緊追不捨，步步逼近。祭師慌神了，左顧右盼，連連擺手，用懇求的語氣說道：「一女一男在一起，別人會有懷疑心。」

　　姑娘不顧一切，手捧一把潔白的麻花，鄭重地送到祭師胸前。她深情地說：「光陰冉冉，青春易逝。讓我們抓緊時間親近，不要辜負這個美好的青春年華吧！」

　　這位年輕的祭師，原來也是一個「銀樣蠟槍頭」，他在純真、強烈的愛情面前嚇昏了頭，轉身鑽入前來接他的車子，急命車夫揮鞭離去。

　　轔轔的車輪聲中，心上人越走越遠。姑娘手捧麻花，熱淚盈眶，佇立遠眺，越想越煩，連連歎息，無可奈何。但她是個善良的姑娘，儘管追求不成，仍暗暗祝福心上人永遠健康幸福。她喃喃自語：「本來人生有常規，離合悲歡誰能免？」

　　《九歌‧大司命》

06 女神護子亮劍

秋天某日，湘西一座祭堂內，人們正在祭祀美麗的護子女神。四周堂下，到處都擺滿了蘭花和麋蕪，蘭花的葉子綠色蔥蔥，顏色素雅清淡，滿屋香氣菲菲。可是，這位飾演護子女神的女巫卻一直秀眉緊蹙，默默無語，似乎心事重重，不能開懷。一絲輕幽的簫聲悠悠響起，旁邊的男巫動情地唱道：

夫人兮自有美子，蓀何以兮愁苦？

他知道護子女神是在想著自己的職守，為人間還有許多棄嬰和流浪的兒童而在憂愁，她在思索拯救的辦法。男巫懇切地勸慰她：其實人間大多數的兒童還是很幸福的，人們都在為自己有美好的子女而高興，司命妳為什麼要有那麼多的愁苦呢？

男巫一邊唱，一邊目不轉睛地盯著這位女巫。護子女神周圍的秋蘭，綠葉茂盛，莖桿卻是鮮豔的紫色。圍觀的人越來越多，樂聲也越來越高亢。儘管滿堂都是圍觀的鄉民，但這位扮演護子女神的女巫忽然朝男巫飛了一個媚眼。男巫心花怒放，觸景生情，昂聲唱道：

秋蘭兮青青，綠葉兮紫莖。
滿堂兮美人，忽獨與余兮目成。

正在男巫想入非非的時候，那位護子女神突然像來時那樣，未說一句話，就駕著旋風飄著雲旗，悄然離去。男巫傷心之極，悲吟道：

悲莫悲兮生別離，樂莫樂兮新相知。

唱畢，男巫立即追出門去。遠遠地，他看到，護子女神，荷花為衣，蕙草作帶，倏忽而來，又倏忽而去。她傍晚宿在帝城郊外，有時升到雲端之中翹首遠眺，久久沒有下凡。男巫看著想著，想著看著，輕聲哼道：

荷衣兮蕙帶，　倏而來兮忽而逝。

　　夕宿兮帝郊，　　君誰須兮雲之際？

　　與女遊兮九河，沖風至兮水揚波。

　　與女沐兮咸池，晞女髮兮陽之阿。

　　望美人兮未來，臨風怳兮浩歌。

　　就在男巫顧盼自憐的時候，天空突然金光閃閃，雲端裡，護子女神坐在孔雀車蓋翡翠飾旗的龍車裡，手握彗星之端，猶如高舉寶劍，凜然不可侵犯，一群兒童活蹦亂跳地圍在她龍車的四周。祭堂中樂聲大作，群巫一齊高聲頌歌：

　　孔蓋兮翠旌，　　登九天兮撫彗星。

　　竦長劍兮擁幼艾，蓀獨宜兮為民正。

　　《九歌・少司命》

07 眾女謳歌日神

明・蕭雲從繪

暾將出兮東方，照吾檻兮扶桑。

祭祀太陽神，是湘西民間最熱鬧的儀式之一。一群女巫簇擁著一位飾演太陽神的男巫，頻頻舞蹈。這位男巫是位美男子，英俊的臉龐，高挑的身材，胳臂和胸前的肌肉塊塊飽綻，充分顯示出一種陽剛之氣和勇武之力。他是整個場面的主角，他的獨舞，遒勁有力，熱烈奔放，節奏感特別強。主祭的是一位年輕美貌的女巫，她的歌聲甜美動人，眼神嫵媚，魅力無窮。

那位飾演太陽神的男巫，開始的舞蹈動作是在表演旭日東昇的情景。起初，他閃亮登場，目光投向遠方，雙手緩慢抬起。一種熱烈強勁的音樂聲響徹整個祭堂，彷彿太陽真的在冉冉升起。接著，他圍著祭堂，做出騎馬周遊的動作。伴奏的音樂聲裡出現了隆隆如雷的車輪滾動的音響，時而又有了雲旗獵獵迎風招展的樂聲。後來，這位男巫又低下頭來，圍著祭堂來回徘徊，同時發出一聲又一聲的感慨歎息。伴隨著男巫的獨舞，主祭女巫高聲唱道：

暾將出兮東方，照吾檻兮扶桑。
撫余馬兮安驅，夜皎皎兮既明。
駕龍輈兮乘雷，載雲旗兮委蛇。
長太息兮將上，心低佪兮顧懷。

男巫獨舞之後，主祭女巫的獨唱告一段落，堂內群巫一同跳起了歡快的舞蹈。樂師們疾速彈瑟，有兩人相對擂鼓，還有人用力敲鐘，震得鐘架來回搖擺；旁邊的樂師又吹竹篪又吹竽。那群女巫一邊歡樂起舞，一邊縱情歌唱，好像一群鳥兒在輕快的飛舞。霎時間，歌聲樂聲匯成一曲熱烈的交響樂。高潮過後，主祭女巫銀鈴般清脆悅耳的歌聲又響了起來：

羌聲色兮娛人，觀者憺兮忘歸。
緪瑟兮交鼓，　簫鐘兮瑤虡。
鳴篪兮吹竽，　思靈保兮賢姱。
翾飛兮翠曾，　展詩兮會舞。

群舞漸漸停止，眾巫一齊擁來，圍著那位飾演太陽神的男巫。男巫再次亮相，並做出一個令人難忘的造型。他身穿青色的雲衣，白色的褲子，拿著一柄強

弓，舉起一支長箭，射往西北天空的天狼星座。然後，他端起北斗星座來喝，因
為裡邊裝滿著酒漿，然後抓住韁繩升向高空，並向幽暗之中的東方飛馳而去。這
是一個多麼英武的造型啊！主祭女巫更加賣勁地讚美道：

應律兮合節， 靈之來兮蔽日。

青雲衣兮白霓裳，舉長矢兮射天狼。

操余弧兮反淪降，援北斗兮酌桂漿。

撰余轡兮高馳翔，杳冥冥兮以東行。

最後，眾巫隨主祭女巫一齊同聲高唱。整個儀式在十分歡樂的氣氛中圓滿落幕。

《九歌．東君》

08 人神相戀黃河

明‧蕭雲從繪

波滔滔兮來迎，魚鄰鄰兮媵予。

　　湘西民眾祭祀黃河神的儀式頗有特色。湘西離黃河很遠，許多人可能從來沒見過黃河，但據一些古籍記載，楚懷王時，楚人對河伯的祭祀已成風俗習慣，然而因為對黃河沒有親身經歷，沒有感性認識，所以祭祀時沒有祭太陽神時那樣的隆重熱烈，場面相當冷清，只有一個主祭女巫和一個飾演河伯的男巫，彷彿現代西北的「二人臺」或東北的「二人轉」。這一男一女在堂中邊唱邊轉，歌唱著他們想像中的黃河縱橫上下的印象。

　　他倆先想像黃河下游的印象，支流眾多，河面寬闊，旋風一起，洪波洶湧；而他倆則乘坐著荷葉作蓋、龍螭駕轅的水車，一起在河邊遊覽。

　　接著，他倆一同遊到黃河的源頭崑崙山。崑崙山景色奇麗高峻，他倆登上山巔，向四方望去，長天遠水一望無窮，夕陽美好令人心曠神怡。

　　這主祭女巫和隨祭男巫從黃河下游一直遊到上游，接著就從縱的角度來描述黃河印象。先唱黃河水底：彷彿有座用無數魚鱗覆蓋屋頂、滿堂飾有龍紋、紫色貝殼作門闕和紅色塗滿宮牆的神屋。他倆十分奇怪：神屋為什麼會蓋在水底呢？

　　主祭女巫與隨祭男巫在堂中不斷周遊，便從對黃河水底的想像轉到對黃河水面的想像。在他們的印象中，他倆佇立河中一座小島，只見周圍，急湍洶湧，滾滾東逝，既有巨大的白黿能乘，又有機靈的鯉魚可逐。

　　這一男一女，想像中游遍了黃河的頭尾上下，但畢竟一神一人，不能真的同伴終身，所以分別自然是必然的事。兩人依依惜別，情深意長，女巫將逝，河伯仍遣波濤相迎，魚兒作伴。

故事來源

　　《九歌・河伯》

09 神女淒涼山中

明・蕭雲從繪

乘赤豹兮從文狸，辛夷車兮結桂旗。

　　湘西民眾祭祀山神的儀式也比較獨特。群山，綿亙無窮，巍峨聳立，在社會生產力低下的當時，群山給人們一種神秘莫測之感，因此，祭祀山神，實際表達了先人對叢山茂林的一些想像。在當時的民眾看來，群山如此綿亙深邃，生活在深山中的女性一定十分孤單寂寞。他們的祭祀想像一位山中女神的心理活動，充滿著對山中神女的關心和同情。

　　祭堂內，一陣音樂聲後，在眾目睽睽之下，一位飾演山中神女的女巫登場了。她一上場就不斷地翹首眺望著遠處，好像在等待著什麼人似的，臉上流露出一種驚喜和期待的表情。她好像看到自己的心上人已經出現在遠處山坳之中，馬上就要前來與她約會。他是那樣的英俊瀟灑，身上披著綠色的薜荔草，還將女羅圍在腰中，雙目含情脈脈，臉上微微帶笑。她以為情人一定非常愛自己，所以她欣然前往迎接。她駕著赤豹，帶著心愛的花貓，坐著香車，插著桂旗，披著石蘭，繫著杜衡，手中還折取一朵芬芳的鮮花。其激動喜悅之情溢於言表。

　　女巫在堂中急速地轉了幾圈之後，慢慢停了下來，凝神片刻之後，臉上露出一種懺悔的表情。因為來到平時幽會的地點後，一直未見到心上之人。她以為自己沒有掌握好時間，再加道路艱難而遲到了，錯過了見面的機會，因此，她一個人獨立山頭，心中十分難過，嘴裡唱道：

> 我在竹林不見天，道路艱險才遲到。
> 孤單一人立山頭，雲絮紛紛飄腳下。

　　儘管天色昏暗，雨絲風片，但這位山中女神仍然執著地等待著。她希望心上人能如願到來，然後設法留住他，樂而忘歸，因為自己年華老大，別人誰還把她當作花一樣美麗的年輕人呢？她唱道：

> 白日幽暗霧茫茫，東風輕拂細雨絲。
> 欲留情人樂忘歸，時光流逝誰愛我？

　　她一邊等，一邊採摘山中的靈芝草，準備送給自己的心上人。可是，等了好長時間，仍不見心上人到來，面前仍然到處是荒涼的石頭和亂纏的葛草。女神開始不安，她猜測，心上人是愛自己的，是想念自己的，只是太忙沒時間罷了。

　　山中女神自許很高，但等啊等，總是等不見心上人的身影，難道他真的因為自己是山中女子整日「飲石泉蔭松柏」，而對自己是半信半疑嗎？她由不安、猜測，漸漸演變為失望。

　　此時，恰好雷聲大作，暴雨傾盆，猿猴啼泣，秋風蕭瑟，落葉紛飛，夜幕降臨。心上人肯定不會來了，再想他也不過是白白地憂傷！女神徹底絕望了。她唱道：

　　雷聲陣陣雨綿綿，猿聲啾啾狖夜鳴。

　　風聲颯颯落葉下，思念公子空傷心。

　　整個祭祀儀式，只有女巫一人獨唱，旁邊簫聲嗚咽，堂內氣氛黯然神傷。

　　《九歌‧山鬼》

10 丹陽熱血國殤

明・蕭雲從繪

操吳戈兮被犀甲，車錯轂兮短兵接。

　　楚地民情勇悍敢鬥。漢初張良曾勸劉邦說：「楚人剽疾，願上無與楚人爭鋒。」（注）司馬遷也在《淮南衡山列傳》的讚語中下了個判詞：「夫荊楚僄勇輕悍，好作亂，乃自古記之矣。」如果只是為了一己之私而鬥，那麼這僅僅是匹夫之勇，強橫野蠻；如果是為了遠大的理想和正確的原則而鬥，那麼這就是勇敢高尚，剛強不屈。楚人的這種「剽疾」、「僄勇」精神，在楚懷王十七年秦楚丹陽戰役中表現得尤其明顯。《楚世家》記載這個戰役時寫道：這年春天，楚國與秦國在丹陽大戰一場，秦軍大敗楚軍，斬甲八萬，俘虜楚國的大將軍屈匃、裨將軍逢侯醜等七十餘人，從而奪取漢中之郡。楚國並沒有因為此戰大敗而甘休，楚懷王大怒，就調動舉國之兵再次襲擊秦國，在藍田一仗中又被秦兵擊敗。後來只是因為韓國、魏國聽到楚國兵敗消息後，欲取「漁翁」之利，一起趁機攻打楚國，一直打到鄧地。楚國背腹受敵，這才罷兵回國。

　　斬甲八萬，這是一場何等慘烈的戰爭！這場戰爭是屈原被放漢北時發生的，他當然最暸解事情真相。湘西祭祀歌曲儘管大多為虛擬的傳說，但我們仍可從屈原改寫過的祭祀鬼神的《國殤》一歌中，看到丹陽戰役中，楚軍將士英勇奮戰，不屈不撓，可歌可泣的生動場景。整個祭祀活動，都是一眾男巫的群舞和歌唱。屈原在改寫這首祭歌時，先敘述這場戰爭的經過，有始有終，有聲有色，既有大場面的鳥瞰，也有小環節的雕琢，生動傳神，歎為觀止。整個戰鬥，可分三個階段。

　　第一階段：激戰。兩軍對峙，楚軍將士們手裡拿著吳戈一類十分鋒利的武器，身上披著堅硬的鎧甲。戰鬥開始了，雙方戰車的主軸交錯，將士們的刀劍相碰，殺聲震天動地。雙方的戰旗遮天蔽日，秦軍黑壓壓一片如天上的烏雲一般。空中亂箭紛飛，士兵們奮勇向前。祭堂之內，群巫或昂首亮相，或激烈舞蹈，並且邊舞邊唱道：

　　　操吳戈兮被犀甲，車錯轂兮短兵接。
　　　旌蔽日兮敵若雲，矢交墜兮士爭先。

　　第二階段：堅持。秦軍人多勢眾，漸漸占了上風。秦兵衝入楚軍陣地拼命廝

注：《史記·留侯世家》

殺。楚軍中有些戰車上左邊的馬已被砍死，有些戰車上右邊的馬被砍傷，還有些戰車兩個輪子陷在坑中絆住了轅馬的蹄子。戰況越來越不利，但是楚軍的統帥沒有下令退卻，反倒親自掄起美玉製成的大槌，猛烈地敲響戰鼓，激勵士兵們繼續奮勇殺敵。祭堂內，群巫或刺或砍，或倒或臥，只有一位飾演統帥的男巫作擂鼓的動作，並朗聲唱道：

> 凌余陣兮躐余行，左驂殪兮右刃傷。
> 霾兩輪兮縶四馬，援玉枹兮擊鳴鼓。

第三階段：捐軀。這場戰鬥，以少敵多，拼死決戰，八萬士兵全部陣亡。戰場上，血流成河，屍積如山；天昏地暗，日月無光；上蒼震驚，神鬼發怒。這是一幅何等悲壯的畫面！祭堂內，群巫全作臥倒狀，旁邊一巫悲愴地唱道：

> 天時墜兮威靈怒，嚴殺盡兮棄原野。

歌畢瞬間，祭堂內聲息全無，一片死寂。

敘事已畢，頌歌開始。稍傾，樂聲漸起，由低到高。群巫漸漸起身舞蹈，列成隊形，最後定格、造型。其中一位主祭男巫開始獨唱，歌聲緩慢、凝重，目光移向遠方，彷彿陷入回憶，那是將士們離開家鄉奔赴前線時的悲壯情景：儘管路途遙遠，前程渺茫，但既然應召出征，一定保家衛國，決不僥倖偷生，無功而返！甘願從軍拼命，決心為國捐軀，這是多麼堅強的意志！歌聲唱道：

> 出不入兮往不反，平原忽兮路超遠。

主祭男巫收回目光，低頭俯視腳下，歌聲激越，雙手造型，彷彿在表現烈士們遺容的一個特寫鏡頭：茫茫原野上，烈士們身首分離，但仍然帶劍持弓，毫無恐懼的表情，顯示出他們英勇戰鬥到最後一息，悲憤壯烈，雖死猶生！歌聲唱道：

> 帶長劍兮挾秦弓，首身離兮心不懲。

最後，祭堂內鼓聲樂聲大作，群巫齊聲引吭高歌：

誠既勇兮又以武，終剛強兮不可淩。

身既死兮神以靈，子魂魄兮為鬼雄！

《國殤》，儘管是一首祭歌，但它確為中國文學史上一曲愛國主義的絕唱，影響了代代炎黃子孫。這組為國捐軀的群雕，必將永遠轟立於中華民族的發展史上！

《九歌・國殤》

乙卷　詩人幻覺

01　上下四次求女

　　賢大夫靈均在生活中尋覓不到志同道合之人，便決定到天庭和幻覺中去追求紅顏知己。

一、求神女

　　先到天庭中去追求那位傳說中的高貴神女吧。他讓虯龍作馬，讓鳳凰當車，乘著旋風，飛上天空。早晨從蒼梧出發，晚上就到了縣圃。天色將暗，他央求為太陽神趕車的羲和慢點走；道途太遠，他仍決定鍥而不捨上下顛簸去求索。馬兒累了，他停下車來，到咸池邊上去飲馬兒，然後把韁繩拴在扶桑樹上，折根若木枝條去拂拭一下剛要落山的日頭，接著便隨意踱步，稍事休息。

　　心情急迫，不願久留。天黑了，他讓月神在前邊開道引路，讓風神在後邊奔跑勁推。儘管雷師說儀仗隊還未準備好，但他仍讓鳳凰飛騰起來，日夜兼程，向天庭進發。一路上，旋風陣陣，時緊時鬆，吹著彩雲前來迎接。朵朵彩雲，紛紛散開，絪縕聚合；色彩炫麗，斑駁陸離；上下飄浮，左右搖盪。如此儀仗，如此聲威，他想，一定能夠博得高貴神女的青睞吧。

　　尚未走到天庭門口，靈均就已大聲報出身份，說明來意，要求守門的衛士快點打開宮門。消息傳進去很長時間了，然而仍無回音。等呀等，很長時間過去了，仍未見有人出來迎接，只見守門的士兵們依然身靠在天宮門框上，默默無語，偶爾冷漠地掃過來一兩眼，彷彿不存在靈均他們這一群人似的。

　　長途跋涉，才到此地，又餓又累，疲憊交加，太陽昏暗，又將落山。本來滿腔熱情，信心百倍的靈均，這時仍只能手捧本要獻給高貴女神的幽香蘭花，在天庭門口來回徘徊，走了一圈又一圈，走了一圈又一圈……

　　「是否有人在高貴女神或其家人面前說什麼壞話了？」靈均心中猜測著。久候不應，他更加肯定了自己的猜測，心想：「現在社會上美醜不分，是非不清，進讒成風，嫉妒盛行，肯定是有人在高貴女神或其家人面前說自己的壞話了！」想到這裡，靈均已經絕望了，流著眼淚，扔下手中的蘭花，慢慢轉身離去。

二、求宓妃

既然天庭神女不瞭解自己，那就到別的地方去再找找吧。趁著青春尚在，容顏未老，快去尋找自己的紅顏知己！聽說東方的河洛之神宓妃十分漂亮，靈均就又準備了一束鮮花，招呼豐隆駕著彩雲，陪著自己一同前往。

將到河洛地區時，靈均遠遠地看到山坡之上站著一位十分美麗的女子。她，風度翩翩，優美高雅，好像鴻雁在空中盤旋；身材苗條，婀娜多姿，彷彿青龍在遊動。她光彩照人，堪比秋天盛開的菊花；她精神煥發，猶如春天的松柏。她恍恍惚惚，如輕雲遮蔽的明月；她飄飄蕩蕩，似微風揚起的白雪。遠遠望去，她若太陽在朝霞中剛剛升起；迫近再看，她又像荷花在綠波中傲然挺出。胖瘦得體，長短合度，雙肩低垂，細腰柔軟，秀脖優美，膚脂潔白，洗盡鉛華，自然天成。她雲髻高聳，蛾眉微彎，嘴唇丹紅，牙齒潔白，明眸顧盼有神，酒窩分列兩頰，姿色豔麗，體態優雅，溫情脈脈，言語柔媚，猶如畫中美人，曠世未見。

看著看著，靈均愣了，癡了，趕忙解下腰間的香囊當作信物，交給蹇修，請他當媒人，前去向宓妃求婚。

整個儀式很複雜，也很熱鬧。然而，宓妃這個女子性格古怪，很難遷就，時而答應，時而拒絕，朦朦朧朧，態度不明。後來一打聽，資訊更不好。人們說，宓妃此女，常常夜不歸宿，前去窮石山上與老情人后羿鬼混；一到早晨，她又跑到洧盤河邊當著眾多男人的面去洗頭髮，用一頭烏髮向人們炫耀自己的美麗。總之，宓妃此女，自恃漂亮，一天到晚四處亂跑，毫無大家閨秀的風範。

反復衡量之後，靈均覺得，宓妃雖然漂亮，但是缺少教養，不是自己理想的對象，因此，他毅然掉頭離去。

三、求簡狄

離開宓妃之後，靈均駕車遠去。他放眼向四面八方最遠的地方望去，又上天漫遊找遍各處，才落到地上，來到不周山之北的有娀國。他抬起頭來仰望，看到一座高高的瑤臺之上，站著一位名叫簡狄的美麗姑娘。那個姑娘真美啊，正像後人所形容的美女那樣：增之一分則太長，減之一分則太短；擦上撲粉就顯得太白，抹上胭脂又顯得太紅；眉黑如翠羽，肌白似白雪；腰如束素，齒如含貝；嫣

然一笑，傾倒滿城男子。

靈均又興奮了，他讓身邊的鳩鳥作媒人前去示愛求婚，可是鳩鳥卻告訴他說：它不喜歡當媒人。靈均十分遺憾。雄鴆這時在靈均跟前邊飛邊叫，表示願意當這個媒人，上瑤臺去向簡狄轉達靈均的求婚之意。可是，靈均嫌它太輕佻，讓它去當媒人恐怕要讓簡狄看不起自己。

再環顧身邊，實在沒有可以擔任如此重任的合適人選。靈均有意親自前往求婚，但一想，這樣做不合當時的風俗習慣。

正在他猶豫不決之際，鳳凰已受高辛家委託，前往送上聘禮，看來帝嚳早於自己一步搶走了自己心儀的姑娘。惆悵的靈均只好再次轉身離去。

四、求二姚

離開在有娀國之後，靈均想再到遠方去找個對象，但是沒有目標，他只好來回徘徊，不知所適。就在他十分迷茫時，有人告訴他：有虞家的名為「二姚」的兩個閨女還沒有出嫁，而且這兩位姑娘非常漂亮，你可以考慮是否前去求婚。

靈均同意了，他很渴望能成就這段婚姻。他派去了一個媒人，只是這個媒人太無能太笨拙，靈均怕他傳話失敗。結果也真的沒有成功。靈均心情沮喪，深深地感到：人世混濁，嫉妒賢才，不說優點，專說壞話。這是一個什麼樣的社會呀！

四次求女，四次失敗，靈均徹底絕望了。以後究竟怎麼辦？他陷入到深深的矛盾和迷茫之中。

《離騷》

《昭明文獻‧洛神賦》

02 悲時兩遭遠遊

按：楚辭裡，屈原的幻覺中有兩遭遠遊。第一遭是在楚懷王十六年，屈原被趕出朝廷，流放漢北。他的頭腦中有兩個對立的問題，即究竟是離開楚國，到別國去謀得高官厚祿，還是繼續留在楚國？屈原猶豫不決，十分矛盾。一度，出國的意願占了上風，所以才出現了詩人幻覺中的第一遭遠遊——

靈氛已經告訴他很好的、關於離開楚國的主意，所以靈均就選擇一個黃道吉日準備動身遠行。他折下玉樹枝葉當作路上要吃的鹹菜，搗碎玉屑當作隨行攜帶的乾糧，寶玉、象牙用作車廂周圍的裝飾。一邊準備，一邊心裡還是在反復衡量：自己與君王、佞臣既然志不同道不合，又怎能合作共事呢？因此，他再次決心遠行，自求疏遠。

詩人掉轉車頭，向崑崙山走去，路途遙遠，他到處流覽。一路上，他的儀仗隊裡，雲旗招展遮天蔽日，車上的玉飾鸞鈴叮噹作響。

車速很快，早晨從天河出發，晚上詩人就已到達西極。車隊聲勢很大，鳳凰展翅，高擎龍旗，獵獵空中。

忽然，車隊來到廣袤的流沙之地，茫茫一片，無邊無際。沒有道路，只能順著赤水河慢慢行走。走了很長時間仍然找不到渡河之處，詩人就指揮蛟龍架起一座橋樑，還命令西皇幫助整個隊伍渡河。路途遙遠，行程艱難，詩人吩咐眾車緊緊相隨。經過不周山時，車隊又向左轉去，直指目的地西海。

儘管路途艱難，但詩人豪情滿懷，因為他覺得只要離開楚國這個黑暗的政治舞臺，自己就可大展雄才，實現抱負。放眼望去，車輛積聚已有一千多乘，玉軸並駕，駛向前方。駕車八龍蜿蜒移動，車上雲旗，時而隨風飄揚，時而低垂擺動，詩人的思緒也像這雲旗一樣，時而飛到遠方，時而回到眼前。燦爛的前景，輝煌的現場，都使詩人激情滿懷，壯心不已。樂隊奏起了《九歌》之曲，隨從們高興得跳起了《韶》樂之舞，詩人心想，姑且在此尋找歡樂。

正當車隊在空中肆意飛翔時，東方旭日升起於曦光之中，詩人低頭一看，

家鄉清晰地出現在江山之間。「啊！家鄉，可愛的家鄉！」僕人悲傷抽泣，止步不前，連馬兒也掉轉頭來，抬起前邊兩蹄，左右徘徊，不再前進。

　　按：詩人的第二遭遠遊是在頃襄王時期，地點當在湘西，與《悲回風》的創作同時或稍後。因為《悲回風》的主題是「不能不死，死又不可」，表示出詩人心中已經絕望；而《遠遊》一詩中，詩人也已經絕望，只想「淡無為而自得」。

　　這一遭遠遊的目的與第一遭不同。第一遭是企圖前往別國謀得高官厚祿以施展自己的雄心抱負；這一遭卻不再要「依前聖以節中」，而是「黃帝久遠難以攀援，追隨王喬求仙問道」。這一遭的準備工作也與第一遭完全不同。第一遭是準備乾糧鹹菜車馬儀仗，這一遭卻是先絕食，五穀雜糧都不去吃，然後吞六氣吸飛泉，詩人以為只有這樣，才能具有「仙質」，然後可以「輕舉上浮」。這一遭遠遊的線路也與第一遭根本不同。第一遭目的地比較明確，就是崑崙山，基本方向就是一直往西。第二遭則沒基本方向。第二遭遠遊是從南方開始升空的。在詩人的幻覺中——

　　人們都說南方氣候炎熱，桂樹冬天也不會凋零。這裡，群山蕭條沒有禽獸，曠野寂寞很少人影。詩人的靈魂就在此處開始登臨仙界，騰雲駕霧升上九天。詩人讓天宮門衛打開關鎖，拉開天門等待自己。又召來豐隆作為前導，詢問太微星宿所在何處。升到九重進入帝宮，詩人在旬始星前仔細觀瞻天帝宮殿。

　　從地上升到天宮之後，詩人就又向東、西、南、北四處漫遊。

　　先向東。早晨從天庭出發，傍晚來到無閭山。集合自己的萬輛車乘，水流一般向前趨去。詩人的座駕上，有八條玉龍駕車，婉婉而行，雲旗招展隨風飄揚；車頂之上高插彩繪雄虹之旌，五色斑駁鮮明光亮；高高的轅馬氣勢軒昂，勾蹄的驂馬暴怒顛狂。整個隊伍中，車馬交加，聲音喧雜，色彩斑駁，並駕驅馳。詩人拉住轡繩，拿好鞭子，將要經過分治東方的樹神句芒。

　　再向西。詩人的車隊越過太皓就向右轉，風伯先導，開闢道路。旭日東昇，天將大明，乘天越地，勇往直前。風伯這個先鋒當得好，一路清除霧霾和塵埃。鳳凰侍在兩側高擎彩旗，在西海之處遇見了西方之神蓐收。又請彗星充當旗幟，

北斗星上的最後三顆星指引方向。整個車隊斑爛陸離，時上時下，蹈履驚霧，浮雲流波。日月黯淡，光明消失，詩人召呼龜蛇前來護衛。回頭又命文昌星宿管好隨行人員，佈置眾神並駕齊驅。儘管道路漫長，但是整個車隊從容不迫高升入雲。左邊有雨師殷勤侍候，右邊有雷公小心警衛。欲越塵世忘記回返，縱意肆志遠遊而去。內心喜悅，美事無窮；姑且娛戲，尋求歡樂。青雲之上到處暢遊，忽然看見自己故鄉，僕夫傷感，主人悲哀，邊馬回顧，不肯前行。思念朋友，想著親人，眾人唉聲歎氣掉下眼淚。

又往南。車隊徘徊不前，卻想遠去，企圖停車，又有猶豫。詩人要去請教祝融之神，直接馳往九嶷山。看到遠方朦朧縹渺，海天相接一片茫茫。祝融告訴詩人停下車來，還召鸞鳥迎接宓妃。奏起《咸池》《承雲》曲，娥皇女英唱《九韶》。湘水神靈演奏瑟樂，海神河伯跳起舞蹈。黑龍罔象一齊進出，形體婉轉互相透迤。雌蜺輕麗更加纏綿，鳳凰展翅正在高飛。音樂宏麗沒有終止，即使想走也要徘徊。

後往北。連加兩鞭群馬狂奔，遠至天邊寒門之山。超越疾風來到北海，積冰之處見到顓頊。

詩人靈均，碌碌奔走，遠到八極，東西南北，都已遊遍。升天到過天仙宮闕，入地曾見無底深谷。斜路插過玄冥之門，攀住天繩暫且休息。召來天神黔嬴，親切見面，請他引路，進入仙境。下邊深幽不能著地，上面廣博不見天際。正看，忽然失去蹤影；想聽，恍惚均無所見。超然無為達到至清，彷彿天地形成之前。

1.《離騷》

2.《遠遊》

03 生死兩回招魂

　　按：古人迷信，盛招魂之俗，或招生魂，或招亡魂。屈原有兩篇招魂之作，一為招懷王生魂，即《大招》；二為招懷王亡魂，即《招魂》。那樣的招魂詞其實一個模式：開頭、結尾，中間正文──外陳四方之惡，內崇楚國之美。其內容實際都是一種幻覺、一種假設。

　　《大招》為招懷王生魂。（注）

　　楚懷王三十年，他未聽屈原等賢臣勸諫，誤從子蘭等佞臣慫恿，應約前往秦國赴會，誰知一進武關，秦國便使詐扣押懷王。頃襄王上臺的第二年，楚懷王逃脫拘押，要回楚國，秦人發覺，堵住他回楚的道路。懷王害怕了，就從小路跑到趙國，企圖從那兒繞道回國。趙國害怕，不敢接納楚懷王。懷王想跑往魏國，但這時秦國追兵趕到，就只能同秦國的使者一起又返回了秦國。屈原聽到這個消息，就寫下這首招魂詞，表示對懷王的深切思念。詞中用虛擬的手法，外陳四方之惡，內崇楚國之美。詞曰：

　　冬日已去春剛到，陽光明媚氣候好。東風和熙送溫暖，萬物復甦草木綠。北方寒氣仍未消，吾王英魂莫亂跑。靈魂形體都歸來，不要遠遊去漂遙。

　　吾王英魂快回來，東南西北都別去。

　　東方天際有大海，波濤滾滾能淹人。龍蛇隨水一起遊，上竄下跳很可怕。霧氣濛濛雨淋淋，天地之間白茫茫。英魂不要去東方，那兒寂寞很無聊！

　　英魂也莫去南方！千里之內似火燒，毒蛇蜿蜒遍地竄。山高林深地勢險，

注：《大招》開頭有云：「青春受謝，白日昭只。春氣奮發，萬物遽只。」此四句與《思美人》中「開春發歲兮，白日出之悠悠」兩句相仿，暗喻頃襄王初即位給詩人心理上帶來的一線希望，也因此可以判定，《大招》的時間當與《思美人》一詩相前後，在頃襄王二年，懷王外逃不遂之後。詳見拙著《楚辭解析·〈大招〉二論》。

虎豹猛獸到處有。怪魚鳴叫蜮傷人，巨蟒舉頭群吐舌。英魂不要去南方，那兒鬼蜮要害人！

　　英魂也莫去西方！西方大漠常揚沙，無邊無際像海洋。有種野獸頭似豬，長髮披散怪眼睛。牙齒如鋸爪子長，遇人狂笑很陰森。英魂不要去西方，那兒太多害人蟲！

　　英魂也莫去北方！北方寒山有條龍，人面蛇身大紅色。代水滾滾不可渡，其深無底難估測。天下大雪白茫茫，重重冰川太寒冷。英魂千萬不要去，整個北方都如此。

　　東南西北都險惡，只有楚國最美好。

　　英魂形體都歸來，心靜安樂無憂慮。身在楚國多隨意，沒有危險真安定。快快樂樂縱情欲，心滿意足樂無憂。終身長久有歡樂，延年益壽保平安。魂呀魂呀快回來，歡樂之事說不完。

　　楚國飲食最美好，外鄉吃喝比不上。五穀豐登糧倉高，外加菰米飯可口。鼎盛熟食滿桌子，加上作料多芬芳。黃鶯鴿子和天鵝，加入狗肉湯更美。魂啊魂啊快回來，諸多美食隨您吃。新鮮大龜燉田雞，放點酸醋味更美。豬肉丸子煮狗肉，澆上膽汁和薑花。吳地酸菜拌蒿蔞，不濃不淡極爽口。魂啊魂啊快回來，諸多美食任您選。燒烤麋鴰蒸野鴨，滿桌還有鵪鶉湯。油煎鯽魚黃雀羹，有滋有味很爽口。魂啊魂啊快回來，美味佳餚先敬您。四釀醇酒味甘美，飲之甜滑不澀喉。冷飲清冽又芬芳，僕役人等不能飲。吳地甜醴加酒麴，楚人清酒味尤美。魂啊魂啊快回來，不必惶恐和懼怕。

　　荊風楚韻有特色，各地歌舞也動聽。代秦鄭衛四地歌，吹響竽笙眾音作。既有伏戲《駕辯》曲，又有楚地《勞商》歌。齊聲高唱《揚阿》曲，唱前先奏趙國簫。魂啊魂啊快回來，留在楚國聽瑟樂。二八佳人聯翩舞，詩歌音樂相配合。樂工敲鐘又擊磬，歌曲尾聲已奏響。此起彼伏滿堂曲，樂聲響極又變化。魂啊魂啊快回來，抒情樂曲隨您聽。

　　飲食歌舞固然好，各種美女更引人。一類朱唇又白齒，眉目含情更美麗。德行美好愛閒靜，風度高雅懂禮儀。一類豐滿又嬌小，溫柔嫵媚愛煞人。魂啊魂啊快回來，佳人慰您又解悶。一類美目正含笑，眉毛彎彎細又長。容貌秀麗又高

雅，臉色紅潤還嬌嫩。魂啊魂啊快回來，美女讓您心安靜。一類修長又大方，光豔美麗真絕倫。面龐豐滿雙下巴，兩耳靠後眉半圓。含情脈脈體態美，溫柔姣麗無人比。楊柳細腰脖頸美，彷彿胡姬束腰帶。魂啊魂啊快回來，美女讓您忘憂愁。一類志敏又聰慧，舉止動作很伶俐。脂粉敷面黛畫眉，身上還要灑香水。翩翩起舞袖拂面，魅力四射長留客。魂啊魂啊快回來，佳人伴您樂終宵。一類眉毛黑又平，雙目流盼真可愛。臉上兩個小酒窩，嫵媚一笑露美牙。體態豐滿又嬌小，輕盈秀麗真動人。魂啊魂啊快回來，喜歡哪個隨您便！

　　楚地行宮很壯觀，獵場園林甚輝煌。高殿峻屋很廣大，丹砂作畫真秀異。南房前有小平臺，樓簷置管接雨水。亭閣繞樓通長廊，適宜馴養小動物。或者乘車或徒步，春天打獵到苑林。玉飾車輪金飾衡，花紋美麗放光彩。香苣蘭草桂花樹，鬱鬱蔥蔥滿道路。魂啊魂啊快回來，痛痛快快玩個夠。開屏孔雀滿園子，還有鷥鳥和鳳凰。鵁雞晨鳴鴻夜啼，間有鷫鸘聲啾啾。此起彼落天鵝翔，翩翩不斷有鸕鷀。魂啊魂啊快回來，鳳凰翔舞伴您游。

　　故鄉生活多美好，等待君王您回來。只要回到故鄉來，保您健康又愉快。紅光滿面露喜色，神采奕奕身強壯。肢體經常保養好，壽命久長活百歲。宗族興旺滿朝廷，官高祿厚好氣象。魂啊魂啊快回來，王室有您就安定。

　　國家有了您領導，社會穩定民安康。道途相連千里遠，人口芸芸多如雲。爵有公侯伯子男，審案精細如神明。民生疾苦勤察訪，鰥寡孤獨多慰問。魂啊魂啊快回來，仁政先後請您定。地廣城多路縱橫，人民富裕又殷實。教化普及萬民中，德政恩澤很明顯。治民先武後德撫，政策完美有成效。魂啊魂啊快回來，賞罰得當全靠您。德政名聲如日輝，天下百姓齊讚揚。功德名譽可比天，萬民幸福天下寧。南端延及五嶺外，北邊一直到幽州。西面迫近羊腸山，東方直到大海邊。魂啊魂啊快回來，提拔賢士用人才。發教施令用仁義，禁絕苛刻暴虐事。選拔俊傑居高位，責斥黜免庸俗人，忠臣才子在顯位，輔助君王很可靠。豪傑在位理政事，恩澤流布眾百姓。魂啊魂啊快回來，國家肯定更穩固。朝廷威勢極盛大，配天之德如日明。大臣團結又親近，出入朝廷議國政。天下諸侯都來朝，權力重新作分配。射靶分明樹起來，天子大靶也高掛。太平盛世興燕射，互相謙讓有禮儀。魂啊魂啊快回來，治國效法夏商周！

　　按：屈原的第二篇招魂之作乃《招魂》，是招懷王亡魂。

　　此篇開頭敘述自己遭遇：自小清正廉潔，堅持正義，至今不變，但頃襄王聽信子蘭等佞臣誣陷，怒而放逐自己，自己遭受禍殃，長期愁苦。這個時候，他更加思念已故的懷王，隨即轉入虛擬的幻境。

　　他好像聽到天帝告訴巫陽：「有人客死在地府，我還想要幫助他。他的魂魄已離體，你來占卜還給他。」巫陽通過掌夢答：「天帝之命很難從，如果卜後再還魂，怕誤時間軀體爛，魂雖招來無作用。」巫陽於是招魂說──

　　魂啊魂啊快回來！為何離開您身體，流浪漂泊去四方？為何離開您故國，卻遇那些不祥物？

　　魂啊魂啊快回來，東方不可作寄託！巨人高大有千尺，專門勾拿人靈魂。十個太陽輪流升，曬化金屬毀石頭。當地土著都習慣，您去必定被燒死。回來回來快回來，東方不可作寄託！

　　魂啊魂啊快回來，南方不能作居處！土著紋額黑牙齒，好用人肉來祭祀，搗碎骨頭做成醬。毒蛇盤聚到處是，猛獸眾多遍地跑。巨蟒蜿蜒九個頭，來來往往竄得快，吃人用以補身子。回來回來快回來，南方不可長久住！

　　魂啊魂啊快回來！西部地區更可怕，沙漠茫茫方千里：飛沙捲您進西海，粉身碎骨仍不息；萬一有幸能逃脫，野地空曠無人煙。紅色螞蟻大如象，烏黑大蜂似葫蘆。五穀雜糧都不長，人們只能吃茅草。大漠酷熱使人焦，口渴找水無源泉。徬徨不定無依靠，遼闊蒼茫無邊際。回來回來快回來，去那恐怕要遭殃！

　　魂啊魂啊快回來，北方不能作居處！層冰堆積高如山，大雪紛紛飄千里。回來回來快回來，那裡怎能長久住！

　　魂啊魂啊快回來，您可千萬別上天！重重天門虎豹守，專門要咬下界人：一個巨人九個頭，拔起大樹無其數；虎豹豺狼極兇惡，來來往往十分多；把人倒拎玩遊戲，然後扔到深淵裡。去向天帝回報後，便可閉眼睡大覺。回來回來快回來，上天恐要害自己。

　　魂啊魂啊快回來，您可不要下地府！后土之伯九條尾，頭上犄角很銳利；駝著脊背血爪子，追人跑得非常快；三隻眼睛虎腦袋，身子肥大狀如牛，此怪生

性愛吃人。回來回來快回來，下地恐怕要倒楣！

　　魂啊魂啊快回來，進入故國郢都門。高明巫師引您走，背著走路作嚮導。秦地竹籠齊地線，鄭地綿衣罩在外。招魂用具已齊備，長聲清脆來呼叫。魂啊魂啊快回來，趕快返回您故鄉！

　　東南西北天地間，太多險惡害人物。故鄉為您備居室，清靜寬舒又安樂。房屋高大又深邃，欄杆圍著層層廊。層層亭臺座座榭，靠著高山聳入雲。鏤空花門紅色綴，方格一個連一個。高堂深屋冬天暖，夏天室中又涼快。園中流水直又曲，汩汩潺潺急又清。日下微風吹蕙草，叢叢蘭花散芬芳。經過廳堂進內室，頂棚紅色地鋪席。牆砌砥石飾翠羽，掛衣之鉤玉做成。翠羽珍珠飾被褥，光彩燦爛相輝映。細軟絲綿作牆幛，絲綢帳子掛起來。各色絲帶垂四角，條條末端繫美玉。滿屋之中所見物，珍奇古玩無不備。點燃香油明又亮，諸多美女都來齊。妙齡女子侍候睡，天天晚上換新人。她們高貴又美麗，多才敏捷勝眾人。頭髮濃密型各異，成群結隊滿後宮。姿容美好又熱情，絕代佳人真溫柔。美女品質很堅貞，為人正直又多情。容貌美好體苗條，來來往往臥室中。蛾眉彎彎眼放光，明眸善睞傳情意。皮膚細膩又光滑，含情脈脈送秋波。另有別墅大帳篷，專為君主閒時用。翡翠之羽插帳幕，裝飾廳堂高高掛。赤白牆壁丹砂板，屋樑黑漆光如玉。抬頭觀看方椽子，上面刻著龍和蛇。坐在堂上倚欄杆，下臨紆曲一池水。池中荷花才開放，雜於碧綠荷葉間。水葵莖桿呈紫色，隨波蕩漾花紋現。奇紋豹皮身上披，衛士站在山崗間。君王車駕到達後，步騎士眾前後列。叢叢蘭花門前種，珍貴樹木作籬牆。魂啊魂啊快回來，為何遠去不歸返？

　　正宮別墅很豪華，飲食更是有特色。全家上下人口眾，食物烹飪多方法。粳稻小米加新麥，摻雜黃粱做成飯。苦鹹酸辣各種味，辛辣甘甜一起用。肥牛蹄筋好好煮，又爛又香真可口。酸味苦味樣樣有，那是吳地肉菜湯。煮熟甲魚烤小羊，甘蔗糖汁再澆上。醋烹天鵝燉野鴨，油煎大雁和鶬鶴。烤雞外加龜肉羹，味道濃烈不傷胃。油炸圓餅和甜糕，還有干條麥芽糖。美酒加蜜真好喝，斟滿一杯又一杯。壓去酒糟用冰鎮，重釀醇酒好清涼。華美酒杯桌上擺，瓊漿玉液來斟滿。只要回到自己家，敬酒盡醉無妨礙。

　　葷菜食物未擺全，演員樂隊已上場。用力撞鐘敲響鼓，不斷演奏新歌曲。先是《涉江》和《采菱》，然後合唱《揚荷》曲。美女喝酒已經醉，臉面酡紅更明顯。含情脈脈來挑逗，目光蕩漾如水波。身穿錦繡絲綢衣，華麗但卻不怪異。長髮披肩黑又亮，光豔照人真可愛。一樣服飾妙齡女，翩翩跳起鄭國舞。舞時袖如交竹竿，舞後垂手退下場。管樂弦樂一起奏，同時還要敲響鼓。滿屋之人都激動，齊聲高唱《激楚》曲。既唱吳蔡地方歌，又奏雅樂大呂曲。男男女女隨便坐，恣意調戲無分別。衣帶帽子到處扔，斑駁雜亂理不清。鄭國衛國新節目，穿插表現在其中。末尾《激楚》大合唱，其他樂曲怎能比？

　　吃喝歌舞不盡興，還有博弈隨其後。美玉籌碼象牙棋，二人對弈來賭博。兩兩相對各進子，彼此緊逼快節奏。得了頭彩加倍贏，呼令五骰成一色。晉製帶鉤作賭注，金光閃閃如太陽。

　　豪宅美食加歌舞，博弈之後又狂歡。堂下敲鐘架子搖，左右奏瑟歌聲起。飲酒作樂不停止，白天黑夜都在玩。點燃香油明又亮，花形燈檯鑲金銀。酒後精心吟詩賦，詞藻優美如蘭芳。人人盡情展其才，意趣相投誦詩歌。痛飲醇酒盡開顏，也讓先人得歡樂。魂啊魂啊快回來，回到故土好居住！

　　唱完招魂歌詞後，詩人回到現實中。進入新年春氣揚，被迫流放到沅湘。綠蘋葉茂白芷生，穿過廬江出叢林。滿目春水望無際，不禁想起當年事——

　　高頭駿馬車千輛，篝火熊熊紅半天。徒步衝到馬前頭，拉住韁繩向右轉。雲夢打獵考優劣，君王親射大野牛。日以繼夜時光快，眼前空留滿路水。蘭蘭江上有楓樹，思前想後真傷心。魂啊魂啊快回來，救救我這江南人！

　　以上招魂詞譯文出自十年前拙著《楚辭解析》，收入本書時略有改動。

04 宋玉秋風送別

清・門應兆繪

登山臨水兮送將歸。

清・門應兆繪

仰明月而太息兮，步列星而極明。

　　屈原身後最著名的楚辭作家是宋玉。宋玉曾經做過「楚大夫」，但官位並不是很高。

　　秋日的一天，晴空萬里，涼風蕭瑟，樹葉紛飛，百草枯黃，碧水沉寂，道路空曠。郢都城外，宋玉與一位老友告別。這位老友蒙冤罷官，無奈離京。握別之後，老友淒淒涼涼，惆悵失意，朝著家鄉的方向踽踽走去。宋玉不忍馬上回城，登上路旁一座高崗，向著漸漸遠去的老友的背影頻頻揮手，淚水順著臉頰流淌，冰涼冰涼的。老友本是一介寒士，無辜罷官，自然內心不平；而兔死狐悲，宋玉內心，在同情老友的同時，自己也孤單失意，分外憂傷。

　　送友歸來，宋玉獨坐空房，夜不能寐。燕兒翩翩，飛離北方；寒蟬斂翅，無聲無響。雁鳴雝雝，飛往南方；鵙雞聲聲，不斷悲鳴。子夜已過，宋玉仍然瞪大眼睛，毫無睡意，凝視蟋蟀，慢慢爬行。這一夜，他對於自己的處境，想了很多、很多。時光惚惚，中年已過，久留在外，毫無所成；困窮悲憂，孤單寂寞，天地悠悠，一人憂愁。遠離家鄉，四處漂泊；前途渺茫，路在何方？忠君情結，永遠不變；君不知己，無可奈何。怨愛交加，情何以堪；事不能做，飯不想吃。真想面君，直抒胸臆，又怕唐突，話不投機。欲進又退，來回徘徊；長聲歎息，淚流滿面。壯志未酬，內心矛盾；思緒煩亂，充滿迷惑。自我憐憫，何時是了？忠心耿耿，無處訴說。青春年華，早已消逝；處境窘困，身又患病。漫漫長夜，如何挨過？他不禁吟道：

> 困窮悲憂又孤獨，天地悠悠一人愁。
>
> 遠離家鄉來漂泊，前途渺茫向何方？
>
> 思君情結永不變，君不知我又如何？
>
> 又是怨來又是愛，事不做來飯不想。
>
> 希望當面抒胸臆，又怕說話不投機。
>
> 車頭調來又轉去，不能見君心傷悲。
>
> 靠著車轅長歎息，淚流不斷濕車板。
>
> 壯志未酬心矛盾，思緒煩亂好迷惑。
>
> 自我憐憫何時了，忠心耿耿無處訴。

吟罷流涕，萬籟無聲。抬起淚眼，只見院中一株掛滿白露的枯樹，繁陰已逝，嚴霜早到；生機皆失，毫無色澤；枝杈雜亂，互相交橫；主幹伶仃，乾澀枯黃；樹梢光禿，向上聳立；蕭瑟風中，悄然獨立。烏雲滾滾，佈滿天空；飄來飄去，遮蔽明月。觸景生情，宋玉由此又聯想到自己的處境——人到中年，壯志未酬。他又陷入無比的痛苦之中，再次吟道：

> 歲月忽忽如流水，怕我壽命不久長。
> 一生未遇好時光，遭讒憂懼又悲傷。
> 內心惘然長獨立，蟋蟀伴我鳴西堂。
> 心情驚恐如湯煮，為何憂慮這樣多？
> 仰望明月長歎息，數著星星到天亮。

處境如此困窘，究竟是何原因？宋玉陷入沉思。

他想到，原因之一是：「關梁閉而不通」。他覺得自己學富五車，才高八斗，是陽春白雪，而非下里巴人，但是君王未能對他另眼相看，格外照顧，只是把他混同於一般的閒官小吏。這是因為奸臣小人對他不斷地誣陷誹謗和惡意中傷所造成的。他氣憤憂傷，情鬱於中而形之於言，故他低聲吟道：

> 可悲蕙花曾開放，絢麗多姿在花房。
> 為何開花不結果，風雨之中盡飄揚？
> 以為君主偏愛蕙，哪知與眾沒兩樣。
> 自傷奇才不被用，打算離君去遠方。
> 內心憂傷真淒涼，希望見君訴衷腸。
> 居然無罪被疏遠，越想心裡越悲傷。
> 哪裡不想見君王，君門深邃無希望。
> 狂犬猙猙對我吠，大門緊閉不得進。
> 天上秋雨綿綿下，道途泥濘何時幹？
> 一人獨立草澤中，仰望浮雲長聲歎。

他還想到，奸臣中傷擋道，是自己「蕙華無實」的一個原因，但並非唯一原

因，更非主要原因；另一個原因，或者說更重要的原因，是君主昏庸「不察」，而這又不能形之於文字，只能獨自吟歎：

> 為何小人善取巧，背棄法度改措施？
> 為何不用千里馬，卻鞭劣馬去趕路？
> 當代豈無千里馬，只是無人來駕馭。
> 駕馭沒有好車手，駿馬紛紛都離去。

這八句詩裡有兩反兩正，明確地表現了對君王的「蓄怨」。面對如此「不察」之君，宋玉自問究竟應該怎麼辦呢？他繼續低吟道：

> 野鴨覓食水草中，鳳凰奮翅飛高空。
> 圓形榫眼方榫頭，我心明知難插入。
> 眾鳥隨地都可歇，鳳凰盤旋無棲處。
> 很想閉口不說話，只是君恩太難忘。
> 姜尚九十才顯赫，此前未能遇知音。
> 騏驥哪裡可投奔？鳳凰何處可棲身？
> 變古易俗世道衰，今日用人只看錢。
> 騏驥隱藏不再現，鳳凰高飛去遠方。
> 鳥獸還知念恩德，為何賢人不願留？
> 騏驥不會求人用，鳳凰也不亂吃食。

在這段詩裡，野鴨、鳥獸、騏驥、鳳凰等等顯然都是比喻，別有所托；而姜尚、賢士則為直陳。表達上，鳳凰為中心，野鴨、鳥獸為反襯，騏驥、姜尚和賢士為烘托。另外，圓鑿方枘、相者舉肥與賢士不處、太公未遇分別從正反兩面申述「高飛」之原因。從以上所吟詩句裡看，宋玉似乎有意「高飛」遠去，實際這是發牢騷，他的情愫遠非如此簡單。他接著又吟道：

> 君王棄賢不明察，我想效忠怎麼能？
> 真想退隱斷思念，當年恩德不敢忘。
> 前思後想使人愁，滿腔憤悶何時了。

這幾句詩足以說明，「高飛」只是氣話，思君效忠是宋玉追求的人生目標，他只是抱怨「君不知」、「君不察」而已，哪會真的「去君」而「高飛」？這組無法調和的矛盾，觸發了宋玉更加複雜纏綿的心態——

一是既然不能「濁世顯榮」，那就寧願「窮處守高」。在內心矛盾種種無法處理的情況下，宋玉昂然唱道：

> 讚美愛國申包胥，可惜時代已不同。
> 為何小人善取巧，丟掉規矩來胡鬧？
> 我偏正直不隨俗，效法先王遵遺教。
> 顯赫榮耀亂世中，即使寶貴我不要。
> 與其無道有名位，不如窮困守高節。

宋玉認為，企圖像申包胥那樣主動效忠，可惜時代已經不同；企圖像小人們那樣投機取巧，可自己又認為那是胡鬧。因此，他決定遵從先聖遺教，守法正直，亦即「窮處守高」。「高」，雖然是「高」，但畢竟又「窮」，食不飽，衣不暖。竊慕「遺風」，托志「素餐」云云，是唱高調，實際上，他心裡充滿著委屈，又悲觀失望。這就引起了內心更大的矛盾和憂傷。

二是繚恨有哀，矛盾猶豫。宋玉想自鳴清高，「窮處守高」，可是又想得到重用，再加年齡老大，時不我待，所以內心捲起了又一陣滔天巨浪。他憂傷地吟道：

> 暮秋靜夜長漫漫，內心哀痛欲斷腸。
> 歲月如水年已老，功名不立自哀傷。
> 一年四季相交替，寒來暑往難追尋。
> 年齡老大將入土，形容枯槁太憔悴。
> 歲月忽忽快完結，垂暮之人更懈怠。
> 激動喜悅天天盼，悲傷失意無指望。
> 心中悲痛好淒涼，緊鎖眉頭長歎息。
> 歲月無盡天天過，無處托身心空虛。
> 國事多變欲效力，因而猶豫不忍去。

宋玉心裡，既天天盼望，卻又毫無指望；既老大將至，卻又雄心勃勃。理想現實，尖銳對立，他活得實在太累了！

三是譴責奸臣，勸諫君王。在上述尖銳的矛盾和深深的絕望之中，宋玉無以解脫，只好憤而譴責奸臣，並懇切地勸諫君王。他憤憤地吟道：

> 烏雲滾滾滿天空，飄來飄去遮明月。
> 忠心耿耿願表現，小人讒言來遮掩。
> 希望太陽當空照，層層烏雲卻遮蔽。
> 捨身忘死忠君王，小人污辱又誹謗。
> 堯舜行為很傑出，明明高尚薄雲天。
> 為何小人要嫉妒，硬說他們不慈愛？
> 堯舜品德如日月，小人還說有污點。
> 何況為了國家事，千頭萬緒說不清。

宋玉這段詩中，前八句採用比喻（「浮雲」、「明月」、「皓日」、「雲蔽」）和反覆的手法，正面痛斥奸臣擋道、矇騙國君。後八句採用類比法，以「堯舜抗行」而「被偽名」為喻，說明自己品德高尚卻遭嫉妒和誹謗，其憤懣之情，溢於言表。同時，宋玉對君王懇切陳情：

> 君王荷衣很好看，可惜帶子繫不上。
> 自誇有德又威武，以為近臣也正直。
> 於是厭惡忠貞士，偏愛小人巧言語。
> 群小鑽營地位高，賢臣被棄更疏遠。
> 賦稅太重農不耕，田地荒蕪無收成。
> 營私舞弊事太多，擔心國家有危險。
> 群小互相來吹捧，好壞不分太黑暗。
> 如果整飭多分析，國家庶幾能自保。
> 想託流星帶個話，星飛太快難碰上。
> 浮雲一直遮太陽，社會黑暗無光明。

這裡，頭兩句是比喻，是說君王自以為有賢德之名，而實際上是「有美名而無實用」。次兩句為直陳，再次四句套用《哀郢》陳句，批評君王好惡不分，是非顛倒，遠賢親邪，而臣下又承君意，莫之敢違。以下十二句，宋玉對君王的勸諫上升到一個比較高的境界，即不再糾纏於區區個人「無成」、得失之上，而是深入到君昏臣奸對國家前途命運的危害上來。因為君昏臣奸的結果，就好像農夫停止耕作不務正事必然導致田野荒蕪顆粒無收一樣，而使政治黑暗、國勢頹敗。宋玉感情沉痛，語言激切。

　　四是痛苦。宋玉多麼希望能將上述看法告訴君王，但現實中根本實現不了，這個社會太黑暗了，他陷入了更加難於自拔的痛苦之中。回顧歷史，直面現實，宋玉一邊流淚，一邊吟道：

　　　悲傷流淚細考慮，真想用心得信任。
　　　耿耿一心願忠君，小人嫉妒造障礙。

　　以上，就是宋玉送別老友回家之後徹夜未眠的心理活動。但直到最後，他也沒有得到一個明確的結論。他一邊想「高飛」遠去：

　　　但願放我回家鄉，逍遙自在人世外。
　　　乘著日光和月光，追隨天上各路神。

但他內心還是：

　　　忠君之心決不變，作個榜樣來推廣。
　　　仰仗上天好品性，保佑君王無病殃。

總之，宋玉十分內心矛盾，既想君王放行，返回家鄉，逍遙自在，超然世外；又願忠心不變，效力國家，盡心竭力，輔助君王；可惜懷才不遇，報國無門。一夜無眠，宋玉內心仍然十分糾結。

　　《九辯》

後記

本書敘述楚辭中涉及到的人和事。題目真正的涵義應該是「楚辭裡的故事」……

既是用「故事」形式解讀楚辭，就可不必拘泥於楚辭已有的次序：《離騷》、《九歌》、《天問》、《九章》和《遠遊》等等，而可將整個楚辭的內容融會貫通，梳理分類，同時還要參考其他古籍。

　　楚辭是中國古代文學寶庫中一顆璀燦奪目的明珠，屈原是中國歷史上第一個偉大的愛國詩人。早在古代，一些著名的文學評論家就已經贊之為「驚采絕豔，難與並能」，「金相玉質，百世無匹」。但是，由於楚辭為戰國後期產生在湘鄂一帶的詩歌，距今歷史久遠，再加文字艱澀，當代相當一部分人，特別是廣大青少年對於楚辭，對於屈原，大多知之甚少，更知之不深，因此，今天深入研究楚辭，廣泛宣傳屈原，大有益於弘揚中華民族精神，大有益於凝聚億萬炎黃子孫之心，十分必要。

　　當前，重視楚辭，宣傳屈原，還有更為迫切的客觀因素。最近這幾年，有些學者大肆宣揚「國學」即「儒學」，似乎中國的傳統文化只有「儒學」一家和孔子一人。這是「五四」時期早已被人唾棄的觀點，只不過今日這些學者將當年的「國粹」二字改為「國學」二字罷了。這種觀點必須糾正，否則謬種流傳，必將禍害一代乃至幾代青年。在2009年於深圳大學召開的楚辭國際學術研討會上，我曾大聲疾呼：「中華民族傳統文化的內容是十分豐富多樣的，正是豐富多樣甚至相反相承的各種思想文化融匯而成了偉大的中華民族精神。僅就風騷而言，便是風格截然不同的兩種精神產品：風，溫柔敦厚；騷，剛強不屈。《禮記・經解》有云：『溫柔敦厚，詩教也。』《國殤》有云：『終剛強兮不可凌。』剛柔並舉，方為健美；軟硬兼施，始成至力。正因為『風騷』並列，相得益彰，才形成了中國古代文學健美多姿的風格。」然而，歷朝歷代，只要是和平時期，從統治階級到平民百姓，人們重視的總是儒家思想，尤其是儒家的中庸思想；而對屈原的那種鋒芒畢露、剛強不屈的精神、思想，則往往不能接受，不能引起充分的注意，甚至有時還被誤解為「偏激」、「狂狷」，只有當外敵入侵國難當頭之際，屈原才又被當作救國的法寶祭起來。這樣的認知未免過於狹隘、偏面。我們應該全面地批判繼承中華民族的傳統文化，而不能有所偏頗。因此，作為中華民族傳統文化重要一部分的楚辭，不應受到忽視，而應得到充分的重視；不能只收藏於館閣書齋，而應普及於更加廣大的民眾、特別是廣大青少年之中。

　　據湖南老友張德文先生介紹，五南圖書公司有意出版古籍「故事」系列，以普及和弘揚中華民族精神。這是一個很好的創意。德文先生已撰就《左傳故事》等，並鼓勵秉高撰寫《楚辭故事》。余之治騷，已近四十載，在楚辭譯注、楚辭

層次、楚辭索引、楚辭原物及有關騷學重大理論問題等方面均有著述，但仍感到楚辭研究有待進一步深化，宣傳屈原和普及楚辭更是任重道遠，責無旁貸，因此很高興地接受了這個任務。

進入寫作過程之後，深深覺得這個工作，套用一句時髦的話說，「既是挑戰，也是機遇」。說這是「挑戰」，因為這項工作既不是自己幾十年來熟悉的考證謹嚴的學術活動，又非時下螢光幕上氾濫的「戲說」「演義」一類文學創作，而是要植根於楚辭原作，同時參閱其他古籍，對楚辭的內容和屈原的事蹟作深入淺出的宣講。另外，在形式上，楚辭是詩歌，現在卻要改為散文；楚辭主要為抒情體，現在卻要改為敘事體；楚辭用第一人稱，現在卻要改為第三人稱。總之，既要精神、內容不變，而手段、形式卻要大變；既非學術活動，而又要建基於眾多的學術成果；既非文學創作，而語言又要具有文學色彩；因此，這確是一個嚴峻的「挑戰」。但是這個工作有益於宣傳屈原、普及楚辭，因此對我來說又是一個「機遇」，應該努力做好。

關於本書的寫作，還要說明以下幾點。

本書敘述楚辭中涉及到的人和事。題目真正的涵義應該是「楚辭裡的故事」，但因這套叢書其他各部的題目為《左傳故事》（《左傳》裡的故事）、《論語故事》（《論語》裡的故事）等等，為統一體例，故本書書名亦擬為《楚辭故事》。

既是用「故事」形式解讀楚辭，就可不必拘泥於楚辭已有的次序：《離騷》、《九歌》、《天問》、《九章》和《遠遊》等等，而可將整個楚辭的內容融會貫通，梳理分類，同時還要參考其他古籍。例如，若要講清屈原任左徒前後之事蹟，必須綜合《九章·惜往日》、《九章·惜誦》及《離騷》等多種篇章，並參閱《史記》本傳、劉向《新序·節士篇》及王逸《楚辭章句》等資料，方可比較全面和接近真實。「歷史掌故」部分的故事也是如此，如「商朝孕於燕蛋」一則，也要綜合《離騷》、《天問》和《思美人》等篇，同時還需參考《史記·殷本紀》、《詩經·商頌·玄鳥》、《列女傳》（卷一）和《搜神記》（卷二）等古籍。

對於楚辭中的神話故事，本書採取了比較謹慎的態度。所謂神話，應當有別

於現實人事，即魯迅所謂之「三隻眼」、「長脖子」等。楚辭中有這類記載，如：女岐九子、伯強何厲、康回馮怒、燭龍何照、長人何守、靈蛇吞象、白蜺嬰茀和蒲號起雨等等，但這類記述，過於簡略，可參文獻又少。與其不清不楚，還不如乾脆不寫，所以，這類故事，本書均未蒐集在內。《九歌》所載，實際是湘西祭祀風俗，亦與正規的「神話」有別，故本書斯編不用「神話故事」命名，而題之曰「虛擬故事」，庶幾更為穩妥？

為使內容生動版面活潑，本書大多故事之前增加一幅插圖，均選自清乾隆帝欽定的〔明〕蕭雲從原繪、〔清〕門應兆臨摹補繪的《離騷全圖》。是書可謂用畫圖敘述的「楚辭故事」。儘管我對是書中所畫屈原之服飾極有異議，曾專門著文反駁，且認為是書收圖太雜太濫淹沒了楚辭作品的主旨及屈原思想的精髓，但本書五十多則故事所需畫圖，是書大多有繪，故而借來用作插圖，每幅圖均注明作者姓名，以示對其著作權之尊重。

如前所述，本書所寫故事，並非「戲說」或虛構，均有出處、來源，故每則故事之後均交代清楚「故事來源」，所以，本書既是通俗讀物，但亦追求學術標準。但願此書出版有利於廣大讀者能更加準確和更加深入地理解楚辭。

關於本書的寫作動機、過程和主要特點等，我就作以上說明。

經過半年多的勞動，這本《楚辭故事》已經完稿。在編撰這本書的過程中，我對楚辭、對屈原，有了更深的認識，最大的心得是進一步發現了楚辭的認識價值。以前，人們總以為楚辭乃浪漫主義的傑作，文學性強，歷史性弱，因此其認識價值不高，特別是歷史價值不高。現在，經過進一步研究，我發現屈原對諸多歷史問題的看法，有別於各種史籍的傳統觀點，對於我們正確認識中國古代歷史很有價值。如，伯鯀之被殺，歷史上，人們一般都認為是他治水失敗的緣故，用今天的話說，是因為他工作失誤以至瀆職所以被殺。甚至連司馬遷的《史記‧夏本紀》中也這樣認識，其曰：「舜登用，攝天子之政，巡狩，行視鯀之治水無狀，乃殛鯀於羽山以死。」但楚辭對此看法完全不同。《天問》責問曰：

不任汨鴻，師何以尚之？

僉曰何憂，何不課而行之？

鴟龜曳銜，鮌何聽焉？

順欲成功，帝何刑焉？

永遏在羽山，夫何三年不施？

這裡，明確地提出了「帝何刑（鮌）焉」的問題，也就是對一般人認為鮌之被殺是因為治水失敗這個判斷提出質疑。而且在《離騷》和《惜誦》中更明確地提出了與傳統觀點完全不一樣的看法。《離騷》中通過女嬃的嘴唱道：「鮌婞直以亡身兮，終然夭乎羽之野。」《惜誦》唱道：「行婞直而不豫兮，鮌功用而不就。」所謂「婞直」，即「鯁直」，亦有「心直口快」之意。對此，《呂氏春秋・行論篇》作過具體的解釋：

堯以天下讓舜，鮌為諸侯，怒於堯曰：「得天下之道者為帝，得帝之道者為三公。今我得帝之道，而不以我為三公。」以堯為失論，欲得三公，怒甚猛獸，欲以為亂⋯⋯召之不來，仿佯於野以患帝，舜於是殛之於羽山，副之以吳刀。

總之，鮌之被殺，主要並非因為治理洪水失敗，而是因為他「鯁直」，因為他心直口快，毫無掩飾地表達了對最高統治者的不滿，他犯了政治鬥爭中的大忌，所以被殺是他必然的結果。可惜，屈原在兩千多年前指出的這個觀點，至今很少被人注意到。

還如，歷史上，人們讚美夏禹，孔子甚至兩次大呼：「禹，吾無間然矣！」（《論語・泰伯》）他是說，夏禹此人是好得不得了，他提不出一點批評意見。屈原對於夏禹，自然也有讚美，但只是讚美他的某些治國手法，如《離騷》有云：「湯禹儼而祗敬兮，周論道而莫差；舉賢而授能兮，循繩墨而不頗。」「湯禹嚴而求合兮，摯咎繇而有調。」不過，屈原並非盲目讚美全盤肯定，對於夏禹在選擇接班人問題的失誤，他在《天問》中提出了一連串責問：

啓代益作后，卒然離蠥。

何啓惟憂，而能拘是達？

皆歸䠶鞠，而無害厥躬；

何後益作革，而禹播降？

根據屈原的上述質疑，一查史料，馬上明白，夏禹名義上將政權交給了伯益，實際上政府各要害部門安插的全是自己兒子啟的親信黨羽，完全架空了伯益，所以三年之後，禹喪甫畢，啟黨奪權之勢已成，伯益被迫交權離開京城。總之，大禹在繼承人問題上玩了一個花招，或曰陰謀。《戰國策・燕策一》揭示得清楚：

> 禹授益，而以啟人為吏。及老，而以啟為不足任天下，傳之益也。啟與支黨攻益而奪天下。是禹名傳天下於益，其實令啟自取之。

這段議論與《天問》中的疑問不謀而合，讓我們看到了夏禹在選擇接班人問題上的虛偽和自私。

類似等等，屈原對諸多歷史問題的看法，確實新穎別致，很值得人們重視。本書對此類歷史故事作了比較具體的敘述，應當能對讀者有所啟迪。

近四十年來研究楚辭，主要以邏輯思維為主，現在要改為以形象思維為主，不足與缺憾之處，恐難避免，懇請方家和廣大讀者指正。

周秉高

癸巳年立夏節於燈下

國家圖書館出版品預行編目資料

楚辭故事——屈原三部曲：現實·歷史·幻覺
／周秉高著. ——初版. ——臺北市：五南，
2013.09
　　面；　公分
　ISBN 978-957-11-7240-8（平裝）
　1.楚辭　2.通俗作品
　832.1　　　　　　　　102014819

悅讀中文 43

1X2T　**楚辭故事**
　　　　——屈原三部曲：現實·歷史·幻覺

作　　　者 ― 周秉高（114.6）

發 行 人 ― 楊榮川

總 編 輯 ― 王翠華

副 總 編 ― 蘇美嬌

責任編輯 ― 邱紫綾

出 版 者 ― 五南圖書出版股份有限公司

地　　　址：106台北市大安區和平東路二段339號4樓

電　　　話：(02)2705-5066　　傳　　真：(02)2706-6100

網　　　址：http://www.wunan.com.tw

電子郵件：wunan@wunan.com.tw

劃撥帳號：01068953

戶　　　名：五南圖書出版股份有限公司

台中市駐區辦公室／台中市中區中山路6號

電　　　話：(04)2223-0891　　傳　　真：(04)2223-3549

高雄市駐區辦公室／高雄市新興區中山一路290號

電　　　話：(07)2358-702　　傳　　真：(07)2350-236

法律顧問　林勝安律師事務所　林勝安律師

出版日期　2013年9月初版一刷

定　　　價　新臺幣250元